読み直すトマス・ハーディ

THOMAS HARDY

福岡忠雄［著］

関西学院大学研究叢書　第 138 編
松籟社

はじめに

論文を書くときもそうだが、いつもタイトルに迷ってしまう。挙句、「〇〇試論」で済ませたケースがいくつかあった。さすがに今回はそうはいかない。最終的に落ち着いた題はシンプルすぎるかなと思ったが、こめられた意味はそれなりにある。

まず断っておきたいのは、『読み直すトマス・ハーディ』としたからといって、必ずしも、わたしのこれまでの議論に修正を加えようということではない。口幅ったい言い方になるが、前著『虚構の田園――ハーディの小説』でのそれぞれの主張は、今でもそれなりに有効だと思っている。ただ、文学研究においては、分析のための斬新なアプローチが次々と提唱され、それによって、従来見過ごされてきたテキストの隠された側面があらわになることが少なくない。ひたすら新しさを求めて、批評理論をあれこれ渡り歩くのはどうかと思うが、だからといって、分析のための効果的なヒントを見逃す手はない。ハーディを論じ尽くしたと思えるヒリス・ミラーが、最近の論文で、J・L・オースティンの発話理論を使って『カスターブリッジの町長』を分析、興味深い指摘を披瀝しているのは、そのいい例である。本著で言えば、結果はともかく、バフチンの「クロノトウプ」に啓発された章が一例に当たる。そういう意味では、テキストは常に読み直されねばならないと思う。

先ほどつい「テキストの隠された側面があらわになる」と言ってしまったが、この言い方は但し書きが必要だろう。というのは、この言い方だと、テキストの意味はすべて、あらかじめテキストという「鉱脈」の中に埋め込まれていて、われわれはそれを何らかの方法で「発掘」するイメージにつながりかねない。もしこのような言い方を認めると、誰かがあるときに「唯一絶対の意味」を掘り起こした後は、研究も解釈も不必要になることになる。それはありえない。時代の変化とともに、文化・思考のパラダイムも変化する。その変化に合わせて、特定のテキストが持つ意味も変化せざるを得ない。なぜなら、テキストの意味は常に読み手との interactive な関係の中から生まれるからである。わたし個人のレベルで言えば、前著を発表した一五年前と現在とでは、テキストに向かい合う意識のありようが少なからず違っている。例えば、その分、人生の終わりに近づいたなどの意識がある。その意識の変化が、一五年前には気づかなかった側面をハーディのテキストに読み取らせる。その意味からもまた、テキストは読み直されねばならないのである。

前著を出した後、ずっと心に引っかかっていたのは、あの中で『はるか群集を離れて』について触れることができなかったことであった。その原因は、あの小説は、パストラルの伝統を忠実に踏襲した上で、同時に、ハーディらしさをたくみに取り込んだ、ある意味で完璧な小説だからで、完璧である分取りつく手がかりを見つけるのが難しかったからである。ところが、その後、シンポジウムにパネリストとして加わることを求められたり、学会誌に寄稿を求められたりした結果、本書では三本の『はるか群集を離れて』論を載せることができた。前著の欠落を補うものであってほしいと思う。

『カスターブリッジの町長』は私の最も好きな作品でありながら、これまでに書いた論文は、前著中の一編だけで、もう一本書いてみたいという気持ちを持ち続けてきたところ、研究会の仲間に促されて、ようやく今回ここに収録した論文を書くことができた。この小説の冒頭部分のヘンチャードによる妻売りは有名だが、ほとんどの解釈では、彼のこの暴挙の原因は、自分でも手に負えない彼の暴発的癇性（temper）にあるとされ、彼のその後の悲劇の原点は、すべて彼の「性格」に由来するものとされてきた。だが、改めて読んでみて、彼の妻売りを彼の性格にすべて帰していいのか大いに疑問が生じてきたのである。特にあのときの「競り売り」の経過を丹念に読んでみて、もともと、彼には妻子を売り飛ばす気はなくて、むしろ不幸な偶然の微妙なねじれの結果であることがわかってきた。そうであれば、あの小説全体の読み方も影響を受けざるを得ず、結果として、性格と運命の関係の「多義性」が問題点として浮かび上がってきたのである。かなり大胆な問題設定になったが、説得力があるかないかは読者に判断していただくしかない。

『ダーバヴィル家のテス』についても一本載せておいた。前著をお読みでない方が本書を手にとられたときに、『テス』論がないのを物足りなく思われるかもしれないと考えたからである。本論は「英国小説とセクシュアリティ」をメイン・テーマにしたシンポジウム用に書かれたものに基づいていて、前著中の「テスの告白」と重なる部分も多少あるが、今回はもっぱら「告解」という行為をミシェル・フーコーの言う「パワー」との関係で考察している点が異なる。

『日陰者ジュード』論も二本になった。前著ではジュードやスーという「主役」を中心にした議論を行ったが、本著ではアラベラとリトル・ファーザー・タイムという「脇役」を取り上げてみた。ただし、それら脇役のための弁明が主たる目的ではなく、脇役に焦点を当てた場合に、あの小説がどう見えてくるかを考えることが主眼である。アラベラを「完全な動物の雌」と決めつける語り手の不当な扱い、ファーザー・タイムを「機械人形」として切り捨てる従来の見方を批判することによって、この小説の新たな一面を指摘することができたらと思っている。

前著ではほとんど論じなかった、いわゆるハーディの「マイナー」小説については、『窮余の策』、『塔上のふたり』、『恋の魂』の三つの作品を取り上げた。そもそも、ハーディの小説をマイナーとメジャーに截然と切り分けることそのものに問題があり、公刊された第一作『窮余の策』には、すでにして随所に、その後「メジャー」と呼ばれるようになる小説の中に出てくるイメージやモチーフが配置されていて、メジャーとマイナーとが合わさって、ハーディ小説という小宇宙が作られていることがよくわかるのである。

ハーディ研究の必携書といえば『トマス・ハーディ伝』に止めを刺す。表向き彼の第二夫人が書いたものとされているが、実はほとんどの部分をハーディ自身が書いたことは今や確証されている。したがって、いかなる研究者も自らの解釈・見解をこの書によって裏づけようとする。果たしてそれは妥当なことなのであろうか。というのは、実録とされるこの『伝記』は多くの隠蔽、多くのフィクションからなっているからである。自分が生きている間に書かれた『伝記』は当然ながら「死」という最も自然なエンディングを使えない。そのために、「自伝」はナラティブとしての構造を設定するために「死」以外の起承転結を用意しなければならない。そこにフィクションが入り込む余地ができる。つまり、ハーディは自分が書いた小説の構図を援用して、自らの自伝に還流させたのではないか。つまり、『トマス・ハーディ伝』は決してマスター・テキストとして取り扱われるべきものではなく、他の小説同様一つのフィクションとして読まれるべきものではないか。それが本論の主たる主張である。

最後に、本書で私が「読み直し」のために参考にしたり、啓発されたりした批評理論についての一文を付しておいた。理論の展開のスピードはめまぐるしく、取り上げた理論の中にはもはや「最新」のものとは言えないものもあるが、主眼はあくまでもハーディのこれまで気づかれなかった側面を浮き彫りにすることにあり、最新の理論そのものの紹介にあるのではないので、その点お断りしておきたい。

前著と同じく、論文の並べ方は必ずしも作品の発表された順序にはなっていない。各論文はそれぞれ独立しており、読者の興味のあるところから読んでいただいて結構である。時系列に沿って並べることによって、「ハーディ文学の軌跡」とか、「ハーディ文学の発展」など、私が意図していないものを読み込まれることを危惧した結果である。なお、ハーディのテキストからの引用は、すべて一九一二－一三年マクミラン社から出されたウェセックス・エディションに基づいていることをお断りしておく。

二〇一〇年七月三〇日

目次

読み直すトマス・ハーディ

第一章　パストラルとの訣別

――『はるか群集を離れて』（一）

一

それまで無名に近かったハーディが一躍小説家として世間の注目を浴びるようになったきっかけは、レズリー・スティーブンが主宰する当時の一流誌『コーンヒル』に作品発表の機会を得たことであった。期待にこたえるべくハーディが書き上げた『はるか群集を離れて』は好評を博し、続けて『エセルバータの手』を発表、こちらの方は世評は前作ほどではなかったが、小説家ハーディの名を広める効果はあった。ハーディの力量を確信したスティーブンはさらに第三作を求め、これに応じてハーディは当時書きかけていた『帰郷』の草稿の一部を提供した。ここで問題が起こった。というのは、原稿を見たスティーブンがこの小説の掲載を拒否したのである。この間の経緯を、後にハーディは次のように語っている。

スティーブンは開巻部こそ気に入ったものの、先行きユーステイシア、ワイルディーヴ、トマシンの関係が家庭向け雑誌には「危険な」ものとなってゆくことを懸念、全体を通読し終わるまではこの作品にかかわることを拒

否した。私も出来上がったものを彼に送ることをしなかったので、掲載の話はご破算になった。(Millgate, 188)

スティーブンは何を懸念したのであろうか。その後、ところを変えて『ベルグレイビア』誌に発表された完成後の『帰郷』から見て、ある程度の推測はつく。彼は何よりも小説中の男女関係が過度に濃密になることを恐れたものと思われる。「純真な乙女の頬に恥じらいの色のさすことがないように」というのが当時の雑誌小説の原則であった。ところが『帰郷』においては、前記三人にクリム、ヴェンを加えてつごう五人の男女が、当時としてはかなり激しい形で、しかもセクシュアリティの衝動を匂わせながら、複雑な恋愛模様を繰り広げる。パストラル的雰囲気の横溢するあの『はるか群集を離れて』連載中においてすら、トロイの性的放縦を危惧し、ハーディに慎重な描写を要請、その弁明として「蒙昧な大衆に迎合する愚かさを許してほしい。彼らには逆らえないのだ」と書き送ってきたスティーブンのこと(Hawkins, 63)、それよりはるかに男女間の感情的沸騰点の高い『帰郷』に危険なものを感じ取ったとしても、むしろ当然であったろう。

この挿話は、その後のハーディの小説家としての軌跡・展開から振り返ってみて、一見した以上の意味を持っているように私には思われる。というのは、『帰郷』を境にハーディの作風が大きく変わっていったからで、その変化を一言で言ってしまえば、自然描写に巧みな穏健なパストラル作家ハーディから、「人間にとってもっとも強力な欲望が引き起こす苦悩と熱気、嘲笑と破滅をはばかることなく取り扱おう」(『日陰者ジュード』序文)とする、息苦しいまでに真摯な作家ハーディへの変化である。作家を志した当初のハーディがいくつかの試行錯誤を経た後、パストラル的小説でもって世に打って出ようとしたことは、むしろ当然の成り行きだったと言える。

何よりも彼は、農村社会の実態を熟知していたし、自然の美しさにも厳しさにも日ごろ慣れ親しんでいた。『緑樹の陰で』、『はるか群集を離れて』はこうして生まれた。しかし、やがて彼は、パストラルの形式に対する飽き足りない思い、この形式を繰り返している限り、自分の本当の考えなり、主張なりを表現できないもどかしさを感じ始めたのではないだろうか。言い換えれば、パストラルという形式が含む規定や規制、いわゆるパストラルの〝イデオロギー〟性にハーディが気づき、自分の中で長年培われてきた人間についての重大な関心（それが何であるかは後に述べるとして）を抑圧したり歪曲したりするのも、このイデオロギーであることを意識しだしたのではないだろうか。スティーブンが感じ取った「危険性」とはまさにそのことなのであって、それは単に男女の濃厚な関係の描写にとどまらず、ハーディがパストラルの形式をはみ出してまでも踏みこもうとしている領域、彼の関心の行き着く先が、当時の社会を成り立たせているいくつかの仕組みへの重大な抗議・抵抗になってゆくことへの危惧だったのでないかと思われるのである。というのも、パストラルが含むイデオロギーの一部は、当時のイギリス・ヴィクトリア朝社会が抱える矛盾や不条理の隠蔽に加担していたからである。

『窮余の策』に始まって、『ジュード』に終わるハーディの小説家としての経歴を時系列的に辿ってみた場合まず目につくのは、彼の作品からパストラル的要素・雰囲気が次第に姿を消してゆくことである。その変化を単に作家の成熟とか主題の多様化といったことで済ますのではなく、むしろ、ハーディが彼の本来の関心を追求すればするほど、自らの信条に忠実であろうとすればするほど、パストラル的なるものは否定すべき対象となっていったのではないかと考えてみること、本章はそれを作業仮説として、その仮説が意味する様々な側面を考えてみようとするものである。

二

そもそもパストラルとはどのような内容・形式のものであろうか。我々は日ごろ何気なくパストラルという用語を口にするが、本当に合意の確立した概念なのであろうか。実はそれが決してそうではないのである。一口にパストラルといっても、どの局面を捉えてパストラルと規定するかは大変厄介な問題であり、単に農村が舞台になっているとか、自然描写がふんだんに盛り込まれているからというだけではパストラルとは言えないのである。

> パストラルの定義は様々だが、完全に満足のゆくものはほとんどない。(Schur, 2)

> パストラルとは何かという問いについてのきちんとした定義は、我々の手の及ばない問題である。(Rosenmeyer, 三)

> パストラルは、文学の学問的研究の分野ではおなじみのトピックである。いかにも取り組みやすい概念に見えるし、たいていの批評家も一般読者もこの用語が意味するものについて、かなり明確な概念を持っているように見える。しかし、全員の意見が一致するような原理的説明は実はないのであって、批評家や学者の数だけパストラルの解釈があるのが実情である。(Alpers, 6)

いくらハーディとパストラルの関係を論じようとしても、パストラルの概念がこうも曖昧では論の組み立てようがない。〝窮余の策〟として、ここは少し論点をずらして、「ハーディとパストラル」ではなく「ハーディのパストラル」という角度からアプローチすることで、この曖昧さをいったん回避することにしようと思う。つまり、ハーディとパストラルという言葉を聞いた人なら誰でも真っ先に思い出すであろう作品『はるか群集を離れて』、特にその冒頭の数章を検証し直してみることによって、ハーディがどのような形でパストラルのコンベンションをこの作品に取り込んでいるかを見てみると同時に、パストラルの伝統とは具体的にはどういう要素から成り立っているのかを確認してゆくことにしようと思う。

まず、主人公ゲイブリエル・オウクが羊飼いであること。言うまでもないことだが、羊飼いこそはあらゆる意味でパストラルの原点なのである。もともと、文芸形式としてのパストラルを確立した祖とされるテオクリトスおよびウェルギリウスの『田園詩』および『牧歌』からして、主人公は羊飼い、あるいは山羊飼いである。その後、歴史的に継承されてゆく過程で、羊飼いのイメージは様々なバリエーションとなって変形させられ、羊飼いとしてのイエスという形で、キリスト教の教義にも取り込まれるが、いずれにしても、羊飼いがパストラルの原点であることには変わりはない。なぜ羊飼いなのであろうか。その理由を考えてゆくとパストラルの世界の特徴がよく見えてくる。第一に、羊を飼うという生業には生活のための苦しい労働というイメージが希薄である。のんびり草を食む羊を日なが一日自由に放し飼いにし、羊飼い自身は陽を避けて木陰に憩う。それは生活のための苦役からは遠いイメージである。パストラルの原点とも言うべきウェルギリウスの『牧歌』は次のように始まる。

メリボエウス「ティーテュルス、お前は、大きなぶなの下陰に寝転び、細い葦笛を口にして、森の調べを吹いているね。だが、わしは、愛する農場を後に郷里を出る。故郷から逃げ出すのだ。それなのに、ティーテュルス、お前は木陰でのんびりと、『うるわしのアマリリス』を森に教え込んでいるんだね」（ウェルギリウス、五九）

樹の下で休む羊飼い、そして音楽、この構図はパストラルにもっとも特徴的な気分を喚起する。すなわち、「労働からの解放」、「ゆとり・くつろぎ」（otium）がそれである。ハーディ自身も、羊飼いオウクにフルートを吹かせるほどの念の入れようで、彼がいかにこの作品でパストラルの形式を忠実になぞろうとしているかがわかる。また、パストラルと音楽との関係は、パストラル的空間の本質を明らかにしてくれる。そもそもパストラルという形式は本来音楽あるいは詩歌の形式であり、したがって、そこで謳われる空間も言語遊戯中で作り出された空間であって、現実の自然や田園とはまったく関係のないものである。この形式に求められるものは、いかに正確に自然を模写しているかということではなくて、音楽として詩として、いかに各部分が調和しているか、いかに快い響きを醸しているかということなのである。この意味で、パストラル的空間が初めから虚構の空間として始まっていることに注意しておく必要がある。

パストラルに特徴的な気分が「くつろぎ」であると言ったが、だからといって彼が無為徒食の徒であってていいことにはならない。というのも、パストラルのもう一つの重要な対立項は、都会に対する田舎という図式だからで、この場合、都会が象徴するものの一つは、自らは一切の苦役に携わらず、他人の労働の上に胡坐をかく都会人であって、それに対するアンチテーゼとして仮構された田舎の羊飼いは、当然何らかの労働に従事する身分でなくてはならない。そういう意味で、羊飼いは格好のイメージであって、労働であって労働でなく、苦役から逃れ、のんびりとした時間の中に身をおく一方、都会人のように食客としての不健康な生活にも甘んじていないという巧妙なバランスの上に成り立っているのである。また、パストラルの主人公が飼う動物が羊ないしは山羊でなくてはならないことも、この「くつろぎ」の気分と関係している。それは、羊を他の動物、例えば豚に置き換えてみればすぐわかることで、豚飼いではどうしても暮らしに追われ、労働の過酷さに呻吟するイメージが喚起されてしまうのである。このことはハーディの作品中最も痛烈にパストラル的農村を否定してみせた『ジュード』

で、ジュードとアラベラが飼う動物が豚であり、その豚の処理をめぐる一連の描写の苛烈さを想起してみればわかると思う。

パストラルと羊飼いの結びつきのもう一つは、羊飼いという生業は自然と一体となったものであるということにある。羊飼いは自然に何も手を加えないし、何も破壊しない。ただ羊が生まれ、生育してゆくのを見守るだけである。そして、日のめぐり、季節のめぐりのリズムがそのまま彼の生活のリズムと一体となっている。人工的に仕切られた時間ではなく、太陽や星の運行のままに起居する生活なのである。この作品の冒頭部分の一節、「子山羊を母親のそばに置いたあと、彼はじっと立って注意深く空を眺め、星の位置から夜の時間を計ろうとした」（第二章）とのくだりは、きわめて印象的にオウクの生活が自然と一体となっていることをわれわれに伝えてくれている。このような生き方の前提となっているのは、パストラルの最も重要な柱の一つ、〝慈しむ自然〟、〝恵みの自然〟という考え方である。この要素はその後、たとえば「感情的誤謬」（pathetic fallacy）として、すなわち喜びや悲しみを人間と分かち合う自然、sympathetic Natureという自然観へとつながり、歴史を下ってワーズワスが代表するロマン派の自然観のように、人間が精神の高揚を図り、崇高な魂を獲得するための源泉としての自然という見方にまで至る。

次に、羊が持つ〝おとなしさ、従順さ〟というイメージもパストラルの重要な要素である。〝おとなしさ〟は猛々しい攻撃性と対極にあり、〝従順さ〟は状況への柔軟な適合を意味する。パストラルが称揚する人の生きようは、極端を排し、温和・中庸を旨とするものであり、激しい情熱、あくなき野心などのような過激な態度は退けられる。以下の引用は『はるか群集を離れて』の冒頭の部分からのものである。

教区の聖体拝受を欠かさない敬虔な人々と、呑んだくれてばかりいる人々との中間にあって、大多数を占める、道徳的には中立的で微温的な人々、ゲイブリエル・オウクは概して自分もそのひとりに数えていた。（中略）世間の評判という物差しで計った彼の性格はというと、友人にしても批判者にしてもそのときの気分次第で、機嫌の悪いときは「あいつはひどい奴だ」と言い、機嫌のいいときは「あいつはいい奴だ」と評するのだった。そのいずれでもないときには、オウクの道徳的色合いは、どっちつかずの霜降り色とされていた。（第一章）

これを見ればオウクが単に羊飼いを生業としているからというだけでなく、彼の温和・中庸な精神態度そのものにおいて典型的パストラル人間であることがわかるはずである。

都市対田舎という関係がパストラルにおける重要な対立軸の一つであることはすでに述べた。もともとのパストラルでは都市とは宮廷社会のことであった。したがって、その反対項としての田舎は都市社会が象徴するさまざまな負のイメージを払拭した空間として仮構された。その最たるものが〝虚栄〟（vanity）であり、これに対し〝無垢〟（innocence）が対置されたのである。このコントラストについても、この作品は明瞭で、馬車の上でこっそり鏡をのぞき自分の顔に見とれるバスシバを、こっそり盗み見た〝パストラル・キング〟（第六章）のオウクは、人から彼女の弱点を聞かれてこう答える。

かわいい顔した旅行者につれなくされたことにちょっとむっとしたゲイブリエルは、先ほど垣根越しに彼女のなまめいた所作をのぞき見た方に目をやって、つぶやいた。「見栄っ張りなところだよ（vanity）」（第一章）

あえて繰り返せば、パストラルの世界とは、現実の世界、日常の生活が課す過酷な義務から解放され、自然の中で「安らぎ」、「ゆとり」を享受する至福の空間である。時に、そのような空間が“retreat”と呼ばれ、そこへの逃避が“escapism”と呼ばれることがあっても。そして、この自然の空間の快適さの前提となっているのは、慈しみ、恵みにあふれた自然であり、ここから〝美しい自然〟(locus amoenus)もまたパストラルの必須条件となってくる。美しい自然のモチーフは当然醜悪で喧騒な都市との対置につながり、田舎対都市というコントラストが持ち込まれ、この対置の延長上にアート対ネイチャー、虚栄対無垢という対立項が措定されることになる。この〝無垢〟という概念はさらに拡大されて、例えば無邪気な幼年時代へのノスタルジア、あるいは人類全体の幼年時代ともいうべき黄金時代、ないしは堕落以前のアダムとイヴの楽園生活への懐古のモチーフにもつながってゆくことは、例えば、『ダーバヴィル家のテス』における最もパストラル的な場面の中で、エンジェルとテスがアダムとイヴに喩えられるところにも明らかである。

三

冒頭の節ですでに述べたように、ハーディの小説家としての経歴を一つの連続した流れとして見た場合、作品の中心テーマ、登場人物の性格づけ、作品全体を取り巻く雰囲気などの点においていくつかの変化に気がつく。例えば、初めのころは、ロマンチックな恋愛を軽いタッチで描いていたものが多いのに対し、中・後期になると、同じ恋愛が深刻な男女間の深淵を垣間見せるようになり、悲劇味を増してゆくこと、あるいは、初期の作品に登場する善良・素朴で時にたくまざるユーモアを発揮するいわゆる〝村のコーラス〟たちが次第に姿を消してゆくこと、初期の作品の主人公にはロワー・ミドルを含めて比較的階級・階層が高い人物が多いのに対し、後期の作品ではもっぱら農村労働者階級出身の人物が中心になってくることなどは誰の目にも明らかであろう。その中でも特に顕著な変化の一つが、パストラル的要素・雰囲気の希薄化ないしは消滅である。『緑樹の陰で』や『はるか群集を離れて』に横溢していた牧歌的おおらかさ、田園風景の美しさは作品を追うごとに影を潜め、最後の作品『ジュード』に至っては、田園風景も素朴な田舎人もほとんど見出すことはできない。このことは、初期の作品における自然描写と後期のそれとを比べればすぐにわかる。のどかで、美しく、まるで風景画を見ているような自然と、厳しく殺伐とし、人間に敵対するような自然のコントラストがそこにはある。

自然の取り扱いだけではない。そこに生きる人々についても同様で、それを端的に象徴しているのがアラベラである。意外に思うかもしれないが、アラベラはその出自において初期の作品中の素朴な田舎娘たち、例えばファニー・ロビン（『はるか群集を離れて』）やスーク・ダムソン（『森林地の人々』）と本来そう違いはないのである。それまでのパストラルが、貧しいけれども純真で、生気にあふれ、時には官能的な自然の申し子として、大いにもてはやしたタイプである。『ジュード』では、この同じ田舎娘が、旺盛な生活力と、したたかな打算を武器にたくましく生存競争を戦い抜く、およそパストラル的造型からは程遠い姿へと様変わりしてしまっている。

なぜこのような変化が生じたのであろうか。第一に考えられることは、作品を重ねるにつれてハーディが、パストラルが内包するイデオロギーに対する不満を高め、パストラルのコンベンションに縛られている限りある種の欺瞞ないしは隠蔽に加担していると感じ始めたのではないかということである。それは、石工頭の長男として農村社会の只中に生まれ、農村労働者階級の一員としてつぶさにその社会の実情を見て育ったこと、つまり、彼が元々農村共同体のインサイダーであったことに由来していると考えられる。すでに述べたように、本来、パストラルという虚構の空間は、都会人の視線によって作り上げられた空間である。言い換えれば、都市が象徴するさまざまな負のイメージ、例えば、人間関係の軋轢、政治的・法的システムによる自由の抑圧、経済のメカニズムが強要する努力や責任、そういった束縛や重圧の一切を放擲し、自由と快適をほしいままにすることが可能な空間としてのユートピアなのである。しかし、現実の農村社会がそのようなユートピア的空間とは程遠いことは、その社会のインサイダーであったハーディには痛いほどわかっていたはずである。むしろ政治・法・経済という都市を支えるメカニズムの最大の植民地が農村社会であり、都市は農村社会に対する収奪、そこに住む人々の犠牲によって成り立っていたからである。この鬱屈した不満が、彼の作家としての社会的地位が固まるにつれて顕在化し、都市の読者に迎合するような夢想的パストラルの色調を薄めていったのではないだろうか。

第二に、自然についての見方の問題がある。ドーセットの片田舎に生まれ育ったハーディにとって自然は決して単一の相貌で捉えられるものではなかった。パストラルの見本のような『はるか群集を離れて』にしても、論者の中には、例えば収穫の後の激しい雷雨の場面を挙げて、ここに描かれているリアリスティックな自然観はパストラルの枠を超えるものであると指摘する人もいる。その面は確かにあって、このほかにも『テス』における酪農場タルボセイズでの自然と、フリントコウム＝アッシュのそれとの対照的な二つの自然などは、ハーディの自然への複眼的な姿勢を如実に示している。結局、ハーディをして、他の多くのパストラリストのように自然を単なる風景として眺める見方に安住させなかったのは、この複眼性があったからであって、農村社会のインサイダーとしての彼にとって、自然は、同時に、そこに住む人々が日々の生活のために悪戦苦闘する現場であったことに由来するものだと思われるのである。

さらに付け加えるなら、すでに多くの指摘がなされてきているように、ダーウィンの影響もまたパストラル的自然が姿を消して行く大きな要因であった。パストラル的空間は元々〝調和〟あるいは〝平和〟が支配する空間である。殺傷や流血はこの空間にはふさわしくないのである。パストラルの主人公が常に羊飼いであって、兵士や狩人でないのはそのためである。ところが、ダーウィンは自然そのものが生き延びるための闘争の場であることを明らかにしたのである。一見、平和で調和的に見える自然の営みが、その実、裏に殺傷と流血のせめぎ合いを秘めていたのである。

フクロウは納屋でネズミを捕らえ、ウサギは庭でツツジの芽を食い尽くす。イタチはそのウサギの血をむさぼる。そんな彼らも、人間が起きだしたのを見てとるや、そっと姿を消して、夜のとばりが下りるまで、鳴りを潜めるのであった。(『森林地の人々』、第四章)

われわれが見るのは喜びに輝く自然の表の顔だけである。われわれの周りで無邪気にさえずる鳥たちが、実は、昆虫や種子を食い物にして絶えず生命を破壊していることを見てはいないか、さもなければ忘れてしまっている。その鳥が今度は、猛禽や猛獣によって、本人のみならず、自分の卵や雛まで、いかに大規模に破壊されているか、それもまたわれわれは忘れている。(Darwin, 116)

最初はハーディの『森林地の人々』からのものであり、後のほうはダーウィンの『種の起源』からの引用である。「喜びに輝く自然の表の顔」の背後に隠された血なまぐささ、非情さを指摘している点で、この二つの文章は極めてよく似ている。『トマス・ハーディ伝』の中に、ハーディが若いころを振り返って、「自分は最も熱狂的に『種の起源』を迎え入れた一人だった」と述懐しているくだりがある。虚偽や隠蔽に飽きた彼が、表面上はパストラルを装いながら、次第に作品のあちこちに自然の営みの現実、ダーウィン的生存競争の実態を忍び込ませていったとしても何の不思議もなかったのである。

四

以上、初期・中期の作品から後期の作品へと続く流れの中で、パストラル的要素が次第に希薄化していったことを述べ、その原因のいくつかを推測してみたわけだが、実はここまで、もう一つの重要な変化についての言及を故意に先延ばしにしてきたことを白状しなければならない。その変化とは、『帰郷』、『テス』、『ジュード』と作品を追うごとに、男性ではなく女性が、ヒーローではなくヒロインたちがその存在感を強め、同時に悲劇性をも深めてゆく変化のことである。パストラリズムの希薄化とヒロインたちの深刻化する悲劇性、この二つの変化は別々の流れなのではなく、お互い連動しているのではないか。パストラリズムの希薄化は、単にこのコンベンションが課す制約なり歪曲なりにハーディが理由もなく不満を高めていったということではなく、それまで潜在的にくすぶっていた彼の本当の関心が次第に焦点を明確にしだしたからではないか。ここで、わたしの言う彼の本当の関心とは、「男と女の性をはさんだ関係」(『森林地の人々』序文)、とりわけその関係の中で傷つき虐げられる女性への強い同情のことである。

ハーディはもともと極めてラディカルな作家であった。幻の処女作と言われる『貧乏人と貴婦人』が結局未刊となったのは、この作品が当時の閉塞的な階級制度への辛辣な風刺・抗議を含んでいたからと言われている。しかし、農村労働者階級を出自とする彼が作家として世に出るためには、いっとき当時の風潮、読者の期待に妥協するしかない。当時の風潮、当時の読者を代表するのはこの場合都市の知識人であったから、ハーディが求められた妥協とは、彼らが夢想する理想的田園風景を描いて見せること、つまり、パストラルに他ならない。妥協は成功し、彼の作家としての地位は固まってゆく。固まるにつれて、彼の本来のラディカリズム、つまり、社会の不正に対する憤り、人間の生のありようの痛ましさに対する同情が再び頭を持ち上げてきたはずである。特に彼の場合、その特徴は、社会の矛盾や運命の過酷さが女性にひときわ犠牲を強いるとの認識、現在の社会の仕組みの中にあって、特に女性は傷つきやすい立場に置かれていると見ていたことにあった。ところが、彼がそのような認識を作品の中で具体化しようとすればするほど、パストラリズムを維持することが困難になっていったと思われる。というのも、現実世界の過酷な状況に目をつむり、人間同士の対立や摩擦からは身を避け、ひたすら田園風景と音楽世界にしばしの安逸を求めるパストラルは、その現実逃避的スタンスと失われた過去に対する懐古趣味において、彼のラディカリズムとまったく相容れない保守主義のイデオロギーに与するものであったからである。

ハーディは『テス』や『ジュード』の中で、深い同情をこめてテスやスーなどのヒロインたちを描いている。そして、彼女たちの悲劇の原因の多くが、単に彼女たちが女だったからということに発していること、さらに、女が女であったがために悲劇とならざるを得なかったということは、彼女たちの置かれた社会的・文化的もろもろの状況の側に咎められるべき主たる原因があるということ、そうした洞察を深めてゆく。そして、それら社会的・文化的もろもろの状況を統御するものをイデオロギーという言葉で要約するとすれば、このようなイデオロギーに加担するものの一つとしてパストラリズムがあることに気づいていったものと思われるのである。というのも、パストラリズムは、女性の抑圧、とまでは言わないまでも、女性を不可視なものと化すことによって成り立つ世界であったからである。

伝統的パストラルの世界には、ややもすると女性の影の薄い、男性優位の世界のような気配がある。有名なミルトンの『リシダス』にしても、テニスンの『国王牧歌』にしても、いずれも男の友人を喪った悲しみを契機に書かれたものであるし、もともとのウェルギリウスの『牧歌』にしても、対話はすべて男と男との間の対話である。もちろん、その対話の中で女のことが何回も持ち出されはするが、それらはすべて恋愛遊戯の対象としての女であって、あくまでもパストラル的プレイの一部に過ぎない。パストラルについての優れた研究者の一人レナート・ポッジョリの言葉を借りれば、「パストラルとは男だけの私的な世界であって、女は独立した存在というより、性的アーキタイプ、永遠のイヴであるような世界である」(Poggioli, 110)。

パストラルの最大の魅力の一つが「ゆとり」、「くつろぎ」にあることはすでに何回も述べた。それは、苦役を免れ浮世の煩わしさから逃れたユートピアであることを。問題なのは、このユートピアを実現するための隠れた条件は、女を排除すること、少なくとも恋愛遊戯の対象としての女以外は排除することにあったことである。恋愛遊戯の対象を越えた女が持ち込むもの、結婚、出産、育児、家計維持などは、まさにパストラルが拒否したはずの苦役や煩わしさそのものだからである。

パストラル的生活は諸々の責任にかかわる以前の生活のことであり、社会の複雑な取り決め、形式的・法的・宗教的諸規則、家庭の責任に伴う現実的煩わしさなどをすべて排除した生活のことである。そういったものに囚われてしまうと、パストラル的エートスにきわめて重要な全き自由という空想的イメージが制限されてしまうからである。配偶者や子供が家で待っているだけで、羊飼いの生活は窮屈なものになってしまうのである。(Ettin, 149)

ところが、この恋愛遊戯以後の結婚後の生活こそ、『帰郷』以後、ハーディが最も関心を寄せたテーマであった。それまでの作品がヒーローとヒロインの結婚という形で締めくくられ、ハッピー・エンドとなっていたのに対し、『帰郷』以降、結婚した後の女性たちが直面するさまざまな困難な状況へと関心を向けるようになっていったのである。ハーディがそこまで踏み込まざるを得なかったのは、そうしない限り、当時の女性が社会的・文化的にどのような状況に置かれていたのかが見えてこないと考えたからだと思われる。結婚をハッピー・エンドとするコンベンションは、結婚への最終的合意の特権を女性に委ね、バスシバがそうであったように一見イニシアティヴは女性の側にあるように見せかける。しかし、いったん結婚してしまえば、それが見せかけのイニシアティヴであったことを彼女たちは痛感させられるのである。恋愛が当事者だけの自由でプライベートな領域での出来事であるのに対し、結婚は、その二人を一気にパブリックな領域に引き込む。結婚に必要な〝認可〟や〝登録〟そのものが、二人がすでに社会的関係に入ったことを意味している。二人が営む家庭にしても、社会の基本単位としての公共性を帯び、出産や育児は社会を維持・継続させるための公的義務の色彩を帯びるのである。そしてこのパブリックなものとなった男女関係において、圧倒的に不利な立場に置かれたのは女性たちであったのだ。スーの挫折をいろいろな角度から考察したペニー・ブーメラは、最終的には次のような結論を出している。

スーの挫折は、精神や意思の面で女性が生来的に弱さを抱えていることを明かすものではない。そうではなくて、女性のセクシュアリティは出産に関わらざるを得ないがゆえに、性的関係および婚姻関係において、女性の方がより過酷な社会的圧力に晒されることを明らかにしているのである。(Boumelha, 153)

中期から後期にかけて、ハーディはますます女性への関心を深めていった。それは、彼が当初から批判の眼を向けていた社会の矛盾や不公正が特に女性に犠牲を強いていることに気づいたからであろうと思われる。その矛盾や不公正の象徴が結婚であった。結婚以前、恋愛期間中は男たちを手玉に取った彼女たちの特権も所詮は一時のものに過ぎず、結婚を契機に彼女たちは現存の社会制度の中に組み込まれ、その制度の下、さまざまな責任や義務に耐えねばならなかったからである。テスやスーの場合に明らかなように、またブーメラも指摘しているように、出産とそれに続く育児・家庭の維持はもっぱら女性に過剰な社会的負担を強制し、彼女たちの人生を困難なものにしていったのである。女性をめぐるハーディのこのような洞察が、男女関係をもっぱら恋愛遊戯として捉え、結婚をハッピー・エンドとして飾り立て、さらには結婚以後の生活がもたらす義務や責任については見ないふりをするパストラリズムと両立しえなくなったのは、むしろ当然の成り行きだったのである。

引用文献

Alpers, Paul, *What Is Pastoral?* Chicago and London: The University of Chicago Press, 1996.

Boumelha, Penny, *Thomas Hardy and Women: Sexual Ideology and Narrative Form.* Sussex: Tharvester Press, 1982.

Darwin, Charles, *The Origin of Species.* London: Penguin Classics, 1985.

Ettin, Andrew V., *Literature and the Pastoral.* New Haven and London: Yale University Press, 1984.

Hawkins, Desmond, *Hardy: Novelist and Poet.* London: David and Charles, 1976.

Millgate, Michael, *Thomas Hardy: A Biography.* Oxford and Melbourne: Oxford University Press, 1982.

Poggioli, Renato, 'Pastorals of Innocence and Happiness,' *The Pastoral Mode.* London: Macmillan, 1984.

Rosenmeyer, T.G., 'Pastoral and the Theocritean Tradition,' *The Pastoral Mode.* London: Macmillan, 1984.

Schur, Owen, *Victorian Pastoral.* Athens: Ohio University Press, 1989.

ウェルギリウス『牧歌・農耕詩』第一歌、河津千代訳、未来社、一九八一。

第二章　じゃじゃ馬バスシバ

――『はるか群集を離れて』（二）

一

ハーディの主要作品と呼ばれるものの中でも、『はるか群集を離れて』は厄介な作品の一つである。というのも、パストラルの定型を忠実に実現しているという点でこの作品はほぼ完璧で、その分つけ入る隙がなかなか見つからないからである。美しくみずみずしい自然の風景、緑の丘でのんびり草を食む羊、羊飼いの吹く笛の音など、パストラルが必要とする要素はすべて備えられているし、さらには、そのような表面的お膳立てを越えて、この作品を覆うゆったりとした時間の流れ、題名そのものが端的に表す都市の喧騒からの隔離など、このジャンルの必須条件である「閑暇」と「隠棲」という気分的要素も十分に満たされている。

作品を論ずるということが、単に物語を別の言葉で言い換えること、つまりパラフレイズすることならまだしも、テキストが含む緊張、矛盾、過剰、などを指摘し、そのイデオロギー性なり隠蔽された部分なりを明らかにすることにあるとすれば、この作品のように定型的ジャンルをほぼ完璧に踏襲した作品の場合、そのジャンルそのもののイデオロギー性を指摘することはできても、作品そのものの亀裂や矛盾を分析して見せることははなはだ難しくなってくるのである。先ほど「厄介な」と言ったのはその意味である。

これまでは確かにそうであった。しかし、最近の批評理論はその限界を超える考え方を提示してくれている。例えば、私の上記の文章中の「テキストが含む」という部分である。このような言い方は、半ば無意識に、緊張なり矛盾なりがテキスト中に「埋め込まれ」たり「隠され」たりしているということを前提としている。つまり、テキストが「読む」という行為とは無関係に自律的・存在論的に存在するという考え方に立っている。現在問われているのは、まさにそのような前提なのである。テリー・イーグルトン、ジョン・グッド、ピーター・ウィダウソンなどに代表されるハーディ文学の新しい研究者たちの特徴は、テキストは読み手とテキストとの双方向的な関係においてしか存在しないこと、したがって普遍的かつ超歴史的なテキストなるものは存在せず、常にその時代の読み手との関係の中で作り出されること、しかも、それら読み手は特定の文化、イデオロギー、言説体系の中に位置づけられていて、それらの影響を免れることができず、その意味で読みは常に〝政治的〟にならざるを得ない、などの主張を共有していることである。

私の以下の論考も、この立場に近い。私の主張は一見これまでこの作品に与えられてきた評価からはかなり逸脱するように見えるかもしれないが、これまでの評価を〝普遍的〟なものと見なしさえしなければ、〝逸脱〟もないわけで、後は説得力があるかどうかにかかってくる。以下、私が〝テキスト〟と言うときのテキストとは、あくまでも私の読みと一体となったものであることをお断りしておきたい。

二

すでに述べたように、この作品はパストラルとしての完全な装いを持っている。しかし、それはあくまでも表面上のことであって、表面下では様々なパラドキシカルな要素がせめぎあっている。表面上の流れに逆行する表面下の流れ、その拮抗をパラドックスと呼ぶなら、この作品でのパラドックスとは、勝気で男勝りの女主人公バスシバが、幾度かの男性遍歴を経て、精神的に成長、彼女にもっともふさわしい相手ゲイブリエル・オウクと最後には結ばれ、円満な解決に至るという〝表面上〟の流れの下に、それとは逆のもう一つの流れが見て取れることである。そのもう一つの流れとは、一言で言えばこの小説が「じゃじゃ馬馴らし」を基本的モチーフにしているということ、もう少し改まった言い方をすれば、伝統的男性優位（patriarchy）の体制に不遜にも挑戦した〝じゃじゃ馬〟を男が三人がかりで〝結婚〟という檻の中に追い込み、撓めることに成功した物語であるということである。

伯父の急逝によって、バスシバは思いがけず大農場の女経営者となる。農作業全般の差配、使用人の統御、財産の管理など、伝統的には男が独占してきた職能を若い娘が引き継ぐことになったのである。それは国家経営や企業経営のミニアチュアであり、すべて男たちによって仕切られてきた領域である。その意味で、彼女は男の領域への闖入者なのである。次のくだりは、彼女が初めて穀物取引所へ単身乗り込んだ時のものである。

これらいかつい自由農の男たちの間に一人の女性が入っていった。この部屋では女性は彼女一人だけだった。そのいでたちはかわいく優美でさえあった。その動きは、男たちを荷車とすると、彼女は軽装馬車のよう、話し方は、男たちが説教とすると、彼女のはロマンスを聞くよう、その感触は、溶鉱炉の中のそよ風のようだった。

こんな場所に来るのには覚悟が、最初予想していた以上の覚悟が必要だった。というのも、彼女が入ってくるや否や、ざわめきが鎮まり、ほとんどすべての顔が彼女の方に向けられ、すでにそっちを向いていた顔は目を離そうとはしなかったからである。（第一二章）

内心の怯えを隠して男たちの世界に乗り込み、冷静な態度で取引に臨み、駆け引きとなったら一歩も譲らないバスシバ、彼女自身の意識では、自分は単なる若い娘ではなく、一人前のディーラーのつもりである。だが、語り手を含めて彼女にまといつく男たちの視線はそうは見ない。

彼女のきれいに揃った上の歯の正確な曲線、口を開いて、幾分挑むように顔を上げ、背の高い男相手にやりあっているときの彼女の朱の唇のくっきりとした両端、それらのうちの何かが、「あのしなやかな肢体の持ち主であれば、女の武器を行使しかねない、いやフルに使うことも辞さないのでは」と思わせるのであった。（第一二章）

男たちの視線を代表するのが語り手の視線で、その視線はもっぱらバスシバの口元、歯、唇へ向かう。本来ならば、このような状況下でのバスシバについて描かれるべきは、彼女の心の中の緊張であったり、頬の紅潮であったり、胸の動悸であったりするはずである。それがそうはならないで、ひたすらエロチックな視線となって、もっぱら口元と歯と唇だけを注視し、彼女を「しなやかな肢体」へと矮小化する。しかも、自らが彼女を性的対象に仕立てておきながら、「女の武器をフルに使うことも辞さない」などという憶測を立て、彼女が商取引という合理的経済行為の場へ、性的な不純要素を持ち込んだことを暗に非難しているかのような響きがある。要するに、穀物取引という伝統的に男が独占してきた領域に、女が闖入してきたことへの不快感をテキストは匂わせていて、その不快感を解消するために、バスシバを一方的にエロチックな性的対象に仕立て上げ、経済論理の場へ紛れ込んだ異分子として排除したがっているかのようなのである。

三

この物語を、厭がるバスシバを無理やり結婚という檻の中へ追い込むまでの物語と読むことは、一見奇を衒うように見えて、決してそうではない。彼女が結婚を望まない、むしろ忌避したがっていることは随所に明らかである。例えば、オウクの求婚を拒否する際の、

まあ、結婚式で花嫁になるのは厭じゃないんだけど、花婿抜きでそうできるならね。でも、女が一人で式をやるわけにもいかないから、結婚はしないわ。少なくとも当分は。（第四章）

というような言葉は、若い娘の他愛もない夢想のように聞こえるかもしれないが、しかしこれが実は、もっと根の深い彼女の当初からの信条であったことが後に判明する。以下は、トロイとの無謀な結婚に身も心も疲れ果てた彼女が、〝経験〟を経た上で吐露した真情である。

彼女は、周りの女たちとは違って、これまで一度だって漠然と結婚にあこがれるなんてことはなかった。（中略）名前こそ知らなかったが、バスシバが本能的に崇拝していたのはダイアナだったのだ。自分は、目でも、言葉で

も、身振りでも、決して男を誘うようなことはしてこなかった、自分には誰の助けも要らない、わざわざ娘としての身軽さを捨ててまで、つまらない夫婦関係のしかも劣位の片方になることはある種の堕落だと、若い娘らしい自立心で思っていたのだ。（第四一章）

「バスシバが本能的に崇拝していたのはダイアナだったのだ」。ここで言うダイアナとは、もちろん男との関係を拒否する女神のことである。バスシバのダイアナ崇拝は、単に年若い娘によくある異性への過剰な恥じらいや潔癖感にとどまらないところがあって、結婚が女性にとってむしろ不幸な制度、女性を「劣位の片方」（humbler half）に貶めるものであることを本能的に直感しているような気配が感じられる。

しかし、社会一般にとって、彼女のように結婚を拒否する女は常に厄介な存在であった。というのは、彼女たちのセクシュアリティは「種」（species）としての人間の存続にとって不可欠であると同時に、その性的磁力は社会の深刻な攪乱要素でもあったからである。その二律背反を解消するためには、彼女らのセクシュアリティを社会的制度・監視の下に置く必要があった。それが、表向きのロマンチックな装いの下に隠された、〝結婚〟という制度が持つ一面である。したがってこの制度の下では、結婚の枠外で性行為を行うことはもちろん、結婚の枠内で性行為を行わないことも罪悪とされたのである。結婚がそのような秩序維持装置であること、女性の〝わがままな〟独立を押さえ込み、危険なセクシュアリティを封じ込めるための制度であることを〝本能的に〟感じ取ったのがバスシバであるとすれば、その事実を〝理性的〟に見抜いていたのが後のスー・ブライドヘッド（『日陰者ジュード』）である。結婚とは男性が女性を所有するための手段であることを見抜いていた点で、二人が同じ系譜上にあることは、作品のごく初めの部分でのオウクの求婚に対するバスシバの返事に端的に表れている。「結婚して男の所有物だと思われるのが厭なの」（第四章）。

四

結婚を忌避しようとする〝危険な〟女を懲らしめ、屈服させること、このモチーフがもっとも明瞭なのは、バスシバとボールドウッドとの関係においてである。一時のいたずら心に誘われて、彼女はまったくの冗談に"Marry me"と書かれたバレンタイン・カードをボールドウッドに送る。その一言が、眠っていた中年男の情熱に火をつけ、それからは延々と執拗な求婚、いや求婚というよりむしろ脅迫が続く。バスシバの行為が軽はずみなものであったことは確かである。しかし、果たしてこれだけの代価を強いられるほどのものであったかどうか。確かに後悔すべき行為ではあるが、それはせいぜい〝反省〟ですむ問題であって、あれほどまでに深刻な〝罪の意識〟を強制されなければならないような事柄であったろうか。

この事件が、例の「ほんの些細な出来事がやがて重大な結果を招来する」というハーディ文学全体を貫く〝哲学〟の具体例の一つであることは間違いない。訪ねてきた義母に玄関の扉を開けなかったばかりに、夫婦関係が破綻し、挙句、溺死するユーステイシア（『帰郷』）。告白の手紙がカーペットの下にもぐりこんでしまったことが、結局、アレックの殺害・自らの刑死の端緒となったテス（『ダーバヴィル家のテス』）の例など、似たようなケースは枚挙に暇がない。それはそうだとしても、この作品の場合、表面上の装いがパストラル的平穏であるだけに、この事件の原因と結果はあまりに不均衡である。彼女の軽率な行動に対する厳しすぎる責任追及は、あたかも彼女が何か重大な道徳的犯罪を犯したかのような観がある。

実は、テキストの表面下の論理からすれば、バスシバがバレンタイン・カードを借りて行ったことはまさに重大な道徳的犯罪だったのである。つまり、女の側からの結婚の申し込み、しかもまったくの冗談による申し込みは、結婚制度自体を愚弄するものだったのである。結婚はあくまでも男のイニシアティブで実現されるべき制度であり、確かに許諾を得るまでは様々なへりくだった術策を弄するとしても、最初に見初め、これと定めをつけ、しかるべき時に結婚を決定するという一連の行動は、すべて男のイニシアティブの下に行わなければならないのであって、いくらバレンタインという特別の慣習とはいえ、女からの“Marry me”はそのルールを逸脱するものなのである。現に、この小説中のもう一人のヒロイン、〝従順でおとなしい〟ファニー・ロビンは、トロイに結婚を迫る際に「男の方から切り出すべきことを、私に言わせるの」（第一一章）と言っている。バスシバのこの「不遜な命令」が含む挑戦的響きとエコーしあうのが、『ジェーン・エア』の最終章冒頭部分のヒロインの有名な宣言、“Reader, I married him”で、これが彼女の女性としての自立の宣言であるのは、男のイニシアティブによる“He married me”（彼が結婚してくれた）ではないからである。

しかし、バスシバのボールドウッドに対する許しがたい〝犯罪〟は他にある。それは、彼女が彼を完全に「女性化」（feminize）したことである。それまでは、その威厳、その落ち着いた態度、その重厚さで、いわば男らしさの塊だった彼が、たった一枚のバレンタイン・カードのために見るも無残に女性化してゆく。ただひたすらバスシバの愛を得ることに血道をあげ、そのためにはプライドを棄て、執拗にまとわりつき、さらには涙ながらに懇願する。そして、このボールドウッドの女性化の頂点と言えるのが、あの嵐の夜の失態である。バスシバの収穫物を嵐から守ったオウクの獅子奮迅に比べて、使用人に嵐に備える指示すらしていなかったというボールドウッドの体たらくは、〝男らしさ〟を完全に喪失した姿なのである。というのも、〝男らしさ〟とは、主に男女関係の駆け引きに発揮される〝女らしさ〟とは違って、ホモ・ソーシャルな領域での、職業倫理の貫徹、責務の忠実な遂行などの徳目に根拠を置くものだからである。男性優位社会にあって、女性による男性の女性化は、その領域を侵す最も許しがたい罪なのである。

五

彼女のこの許しがたい罪、ボールドウッドの「女性化」に対して用意された〝報復〟は、まさにそれと同じ方法、すなわち今度はバスシバの女性化であった。それまで誇り高く勝気で、わがままで負けず嫌いの彼女が、トロイによってその男勝りの鼻っ柱を徹底的に折られ、完全に女性に戻されてしまうのである。

暗闇の中でたまたま遭遇し、彼の拍車と彼女のスカートの裾とが絡まったことから二人の関係は始まる。彼はいきなり問いかける。「あんたは女かね？」「ええ」「俺は男だ」（二四章）。これは異常な呼びかけである。こういった場合普通なら「何者か」、「ここで何をしているのか」、「どこの住人か」などの質問がなされるはずなのに、それらすべてを無視して、トロイは初めから自分を「男」、相手を「女」と決め付けてくるのである。最近の批評用語で言う“interpellation”である。これを皮切りに、じわじわとバスシバへの女性化が進められる。「あんたほど魅力的な女性はいない……本当のことを言ってどこがいけないんだ」というトロイの見え透いた甘言に対して、

「だってそれは、それは間違ってますもの」彼女は女っぽい口調で言った。（第二六章、強調筆者）

と答えるバスシバは、すでに「コトバによる女性化」（verbal feminization）の罠にはまりかけていることを示している。しかし、それよりもっと決定的な打撃はもちろん「性的女性化」（sexual feminization）、すなわち例のトロイの剣の妙技の場面である。約束した場所に向かう彼女は、トロイに会う以前にすでに異常な官能的高ぶりを見せている。

こんな危なっかしい約束をしてしまった自分の軽率さに、文字通り、体は震え、口も喘いだ。吸う息、吐く息が速くなり、目はいつにない光を帯びて輝いていた。（二八章、強調筆者）

そしてトロイが剣を抜く。

「さあ」との掛け声とともにトロイは剣を抜いた。その剣を彼が日の光の中に振りかざすと、まるで生き物のように相手を誘う光を放った。（同所）

「まるで生き物のように相手を誘う光を放った」。彼の剣が単なる剣ではないことは言うまでもあるまい。したがって、その剣が縦横に振り回され、突きを繰り返すこの後のシーンが意味するものも、おのずから明らかである。

彼は手始めに第二番から剣技を始めた。その後、彼女が覚えているのは、剣の切っ先と刀身が光を放って彼女の左側、ちょうど腰の上のほうに向かって突きつけられ、そうかと思うと、今度は剣が右側、いわば腰骨と腰骨の間から再び現れ、彼女を突き刺したかに見えたことであった。さらにその次に覚えているのは、染みひとつ、血痕ひとつないその同じ剣が、トロイの手の中で垂直に構えられた（専門用語で「構え直し」と言うのだが）ことだった。すべては電光石火。「やめて」。すくみ上がった彼女は大声を出し、手でわき腹を触った。「わたしを突き刺したの？　そんなわけはないわね。なんなのこれは」（同所）

この後、トロイは剣の切っ先でバスシバの髪の毛をひとふさ切り取り、別れ際に彼女がそれまで誰にも許したことのない唇を奪う。象徴的にも、実際的にもバスシバを完全に女性化した上で征服したのである。この後、トロイとの結婚が惨憺たる結果となり、彼女は肉体的にも精神的にも憔悴の極に達する。この悲惨な成り行きが意味するものは、ボールドウッドを女性化した彼女の罪に対して、トロイを通じて同じ手段による報復が図られたということだったのではないだろうか。

六

繰り返すことになるが、この作品のパラドキシカルな構造とは以下のような二重構造を意味する。すなわち、利発で誇り高い若い娘バスシバが、様々な経験を経て精神的に成長してゆく過程を、時に批判を交えながらも、温かく見守ってゆくという表面上の装いと、その装いに隠れて、結婚を忌避し、自立を求める一人の女性を、様々な手段を弄して結局は結婚制度の中に囲い込もうとする試みという、二重構造である。表のテキストは、女主人公の誇り高さや虚栄心を危ぶみながらも、危機に陥った彼女を勇気づけ、最後には彼女とオウクとの結婚を心から祝福するかのようである。しかし、その表のテキストに常に付いて回る陰の部分があって、それが、この物語にはそれとは違う方向性があることを示唆しているのである。

この陰の部分とは、語り手がしきりにテキスト中に挟み込むアフォリズム的命題である。それらは、時に文脈上必要のないところで持ち出され、また、時にほとんど何の根拠もなく断定される。この傾向は特にハーディの初期の作品に顕著で、この作品も例外ではない。ただ、この作品のそれが他の作品の場合と違うとすれば、それら命題、断定は圧倒的に「女というものは」という話題が多く、しかも、問題なのはその多くがmisogynisticであることである。

女が男より優位に立つのを唯一許されるのは、女がそれを意識しないときであることが多い。ところが、女がそれを鼻にかけたとたん、劣位に置かれた男につけ込む隙を与えてしまうのだ。(第四章)

女のドレスは顔の一部である。ドレスの乱れは、目鼻が整っていなかったり、傷跡があったりするのと同じことなのだ。(第九章)

彼は明らかに、中年への入り口にいて、これから十年以上その容貌に変化の起こらない(女がそうなるには、人工的方法が必要だが)年齢に達していた。(第一二章)

これらの頻出する女性についての一般命題は、テキストにおいてどのような機能を果たしているのだろうか。一言で言えば、バスシバという個性豊かで奔放な一個の人格を、〝女性〟についての一般的定義の中に囲い込み、その中に溶け込ませることによって、その個性・独立性を無化しようとしているのである。これら一般命題は普遍性を装ってはいるが、決して普遍的なものではない。当時の社会的・文化的価値観を反映し、当時の社会制度維持のためのイデオロギーに染め上げられている。したがって、結婚を厭がるバスシバを結婚に追い込んで、彼女の独立を押さえ込んだのとまったく同じように、彼女の人格的独立は、これら女性に関する一般命題という言説の檻の中に追い込まれ、押さえ込まれたのである。

七

この小説の最後の部分、ついにバスシバがオウクこそ自分にふさわしい相手であることに気づき、オウクなしでは農場経営もままならないことを悟って、彼の求婚を受け入れる決心をする場面では、牧歌的祝祭の気分が再び取り戻される。今やすっかり従順となったバスシバ、彼女を鷹揚に受け入れるオウク、その二人の結婚を待ちかねていたように賑やかに祝福する村の人々。まさに絵に描いたようなハッピー・エンドである。

しかし、ここでもまたそれとは別の〝過剰〟、テキストの表面上のメッセージの裏に palimpsest のように透けて見える陰のような部分が見て取れる。その一つは、バスシバによるオウクの求婚の受け入れが、同時に農場経営の主導権をも彼に委ねたことを意味することである。つまり、オウクの側から見れば、いったんは女の手に渡った農場支配の権利を最後に再び男の手に取り戻したのである。そのことは以下の二つの部分の符合に明瞭である。

「余分に仕事をしたんだから、一杯やっていったらどう。うちに来ない?」バスシバが言った。

「でも、どうせなら、その酒、ウオッレン亭に届けてもらえませんかね。そっちのほうが気楽にやれますので」代表格の男が言った。(第七章)

「ご苦労、ご苦労。すぐに酒をウオッレン亭に届けさせるからな」(第五七章)

前者は、農場経営者となって間もないバスシバが火事騒ぎの後で、使用人に酒を振舞う場面。後者は、オウクが結婚を祝ってくれた使用人たちに同じく酒を振舞う場面である。使用人へ酒を振舞うのは、〝主人〟が権威と財力を誇示する象徴的行為である。振舞われた方は、それでもって誰が自分たちの主人であるかを確認する。二つの引用の類似に着目した上で後者を読めば、今や〝主人〟の座がバスシバから自分に移ったことへのオウクの宣言であることがよくわかるはずである。

そもそも、有料道路での二シリングの貸借から始まった二人の関係には、常に金銭問題、営利問題が付いて回っていて、単なる牧歌的ロマンスではすまないことを匂わせている。例えば、この作品の中で最も印象的な場面の一つ、激しい雷鳴と風雨の中で、オウクとバスシバが力を合わせて収穫物を守ろうとするシーンである。眼もくらむような稲妻、耳を聾するばかりの雷鳴。ハーディの全作品中でも、この部分はその鮮烈な描写によって、最も優れたシーンとして有名である。のみならず、命がけの労働を通して男女が協力し合うこのくだりは、後のバスシバとオウクのより安定した結びつき、職業倫理に基づく現実的な〝同士愛〟への伏線となっている点でも重要な部分とされている。しかし、ここにもやはり、それだけではすまない〝過剰〟が感じられる。

およそ金が取りうるもっとも崇高な形での七五〇ポンド、人間にも動物にも絶対必要な七五〇ポンド分の食料。この大事な食料の価値を、当てにならない女のために減じさせてなるものか。（第三六章）

当てにならない女のために、この大事な食料の価値を半減させてなるものか。ここには、男の世界は経済の運営、保全に中心的価値を置くものであること、しかもその担い手は男でなくてはならないのであって、女は当てにならないのだとする前提がある。自らの生命を賭して収穫物を守り抜くことを決意したときの彼の呟き、「重要かつ緊急な仕事をやってのけるためには、これくらいの危険は避けられない」（第三七章）は、まさに彼の献身が〝仕事〟そのもの、〝利益の保全〟そのものに向けられたものであって、少なくともこの瞬間だけは、彼の意識の中でバスシバへの愛は後方に退いていたはずなのである。オウクのバスシバへの愛はもちろん本物である。それすら否定するつもりはない。ただ、彼のバスシバへの愛の根底には常に冷静で現実的な利害計算があるということ、だとすれば、その利害を守るためには、経営権を男の手に取り戻さなくてはならないという動機もまた無意識のうちにあったのではないかと言いたいのである。

結び

この物語のごく初めの部分で、一目ぼれしたオウクがバスシバに求婚に行く場面がある。以下は、それに対する彼女の返事である。

うまくいかないと思うの、オウクさん。私には誰か私を手なずけてくれる人が必要なの。あなたにはそれができないでしょう。（第四章）

要するに、この物語はこのふたりの関係が逆転するまでの物語、すなわち、不羈奔放で手に負えないバスシバをオウクが最後に「手なずける」（tame）ことに成功するまでの物語だったのではなかったか。表面的には、虚栄心とプライドの塊のような未熟な若い娘を、数々の経験を経させて精神的成長へと導く経過に見せて、その実、彼女の独立を押さえ込み、巧妙に結婚へと誘導して、そのセクシュアリティを管理し、農場の経営権を男の手に取り戻すまでの「じゃじゃ馬馴らし」の物語ではなかったのだろうか。結婚直後のオウクを見て、村の住人がもらす皮肉な感想「今さっき結婚したばかりというのに、やっこさん、〝うちの女房〟だなんてずいぶん当たり前みたいに言ってのけるじゃないか」（第五七章）からは、得意満面のオウクの顔が浮かんできて仕方がないのである。

第三章　ウェセックスの時空間
――『はるか群集を離れて』（三）

一

ハーディは全作品にわたって実名、虚構含めて実に丹念に地名を書き込んでいる。これは、彼がほとんどの作品の舞台をいわゆるウェセックスという地理的空間に限定したためである。短編も長編も含めて、バラエティに富む物語のすべてを単一の空間内に押し込め、それによって独特のハーディ文学の世界、凝縮された小宇宙を創り出そうとしたのである。その目的は、彼自身一九一二年版全集の序文の中で言及しているように、ギリシャ劇が古代ギリシャという狭い空間に限定されているために却って濃密な人間ドラマを創出することができたように、ウェセックスに舞台を限定することによって、それと同じ効果を彼が求めたことにあったと考えられる。そのためには綿密な地図を作成することが必要で、現に彼みずからの手でそれを作成している。

地名の書き込みにはもう一つの意味がある。ウェセックスという空間は虚構と実在の両方の特徴を併せ持つことが必要なことである。つまり、登場人物たちおよび彼らのドラマは、ハーディの想像力の産物という点では虚構であるが、それら人物、彼らが巻き込まれるドラマが背景となる地理的状況と密接に結びついているという点では、虚構の枠内での実在性が必要だからである。別の言い方をすると、例えば、テスという虚構のヒロインが演ずるドラマは、マーロットやタルボセイズやフリントコウム＝アッシュという地理的状況がないと成立しないのであって、「さびれた村」、「肥沃な盆地」、「不毛の原野」などといった、漠然とした地理的背景では不十分なのである。各作品を横断して、あたかも現実の空間であるかのような実在感を持った場所、その場所の地理的・歴史的・経済的状況の詳細、それが各ドラマを成立させるのに重要な要素であって、そのためにはどうしても一つ一つの場所に一つ一つの地名を貼りつける必要があったのである。

ここまでは、一般論である。本章において私が試みようとしているのは、その一般論を踏まえた上で、『はるか群集を離れて』という個別の作品に見られるハーディの場所感覚、地名の機能、さらには場所が帯びている時間の痕跡など、それとは違った角度からアプローチすることである。

二

まず、以下の引用を見てもらうことにする。

バスシバは固唾を呑んだ。他の者も同じだった。トールは乗馬道を駆けた。シクスティーン・エイカーズ、シープランズ、ミドル・フィールド、フラッツ、カペルズ・ピース。その姿は点となって、橋を渡り、盆地を駆け上がり、反対側のスプリングミード、ホワイトピッツを駆け抜けた。（第二一章）

伯父が死んだために急遽農場経営を任されたバスシバは、慣れない仕事に四苦八苦する。それを陰に陽に助けてきたのが羊飼いのオウクである。ところが、つまらないことでかんしゃくを起こしたバスシバは、彼を解雇する。その直後、牧場の羊が「若いクローバー」を食べて中毒を起こし、大量死の危機に見舞われる。この状況を救うことができるのはオウクだけである。ことは一刻を争う。誇り高いバスシバだったが、今はその誇りを抑えてオウクに助けを求めることにする。上記の場面は、谷のこちら側でバスシバと使用人たちが見守る中、使者役のトールが馬を懸命に走らせて、オウクの許に向かう部分である。

格別取り上げる価値があるとは思えない箇所である。それをあえて取り上げたのは、シクスティーン・エイカーズ、シープランズ、ミドル・フィールドと続く地名の羅列に注意してもらいたいと思ったからである。これら地名は実は場所を表すために並べられているのではない。時間を表すために並べられているのである。この場面での最大の要素は時間的切迫である。一刻も無駄にはできない。遅れれば遅れるだけ、羊が死んでしまう。この時間的切迫感を表すのが、空間上の移動なのである。シクスティーン・エイカーズ以下の場所が、いちいち通過点として名を挙げられているのは、経過する秒や分をより鮮明に実感させるためである。空間意識が時間意識の中に置き換えられているのである。空間意識と時間意識の互換性ないしは一体性——以下の論述は、一言で言ってしまえば、この単純な命題が意味するものを考察することにある。

三

基本的にはパストラル特有のゆったりとしたペースで物語が進行しているように見えながら、実はこの作品には実に多くの「時計」が登場する。以下はほんの一例である。

オウク氏は、懐中時計代わりに、小さな銀の柱時計とでも言えそうなものを持ち歩いていた。（第一章）

〔ボールドウッド〕の目の前の、暖炉の棚の上に、翼を広げた鷲が乗っかった時計があった。（第一四章）

軍曹は自分の時計を見て彼女に言った。「時計を持っていないのか」（第二六章）

ここでは、時計が男性登場人物すべてと絡んでいることを示すための例を挙げたが、まさにほんの一例であって、全編にわたって時計が出てくる。日常生活に時計は必需品で、小説中に時計が出てくることに不思議はないが、この作品の場合その頻度、範囲において日常生活の小道具の限度を超えている。このおびただしい時計の存在は、この小説では時間が重要なモチーフであることを意味する。ハーディの小説の中での時間の重要性は何もこの作品に限ったことではなく、刻々と過ぎて行く時間、決して後戻りしない時間というモチーフは、彼の全作品を貫くものである。にもかかわらず、この作品には他の作品に見られない特徴的な時間がある。それは、時間が単一ではなくて、〝複数の時間〟があるということである。作品全体を覆っている時間、登場人物のそれぞれが具現している時間、さらには時間の欠如をも含めて、様々なリズムの時間がここにはある。

作品全体を覆う時間をまず考えてみよう。物語は聖トマスの日で始まる。つまり「冬至」である。次に物語が動くのはその二ヶ月余り後、被献日（Candlemas Day）の日、この日はカスターブリッジで年一回の雇用市《ハイヤリング・フェア》が開かれる日で、破産したオウクはここで雇い主を探そうとする。さらに、この物語の最も重要な節目、バスシバがボールドウッドにいたずら心から求婚の手紙を送った日、それはもちろんバレンタイン・デイである。さらに、羊の出産をめぐってオウクとプアグラスが交わす会話にも〝お告げの祝日〟（Lady Day）やSexajessamine Sundayが出てくるし、この物語の最大の山場、ボールドウッド邸でのパーティは言うまでもなくクリスマス・イブに開かれている。つまり、物語の主要な出来事がカレンダー上の単なる日付ではなく、主要な聖人の日で数えられているのである。これらキリスト教の聖人や宗教的故事にちなむ日は、民衆の生活に密着した一年の進行の刻み目であり、人々はこれらの日に職を求めたり、祝い事を祝ったり、仲間同士集まったりしたのである。つまり、ここでの時間は単なる数学的に一二等分したり、三〇に区切ったりした均等な時間ではなくて、生活そのものに密着し、生活にリズムを与え、生活の中で実感される時間なのである。これが作品全体を覆う時間の一つである。

生活のリズムを刻むもう一つの時間がある。それは、一年間の農作業にしたがって進行してゆく時間である。羊のお産（一二月）、羊洗い（五月）、羊の毛刈り（六月）、干草作り、蜂の巣の分封、からす麦の収穫（六月下旬）、羊市（夏の終わり頃）などなど。この物語の中心となる出来事は、これら季節ごとの農作業の進行に合わせて進行してゆく。いわば、「羊飼いのカレンダー」（The Shepheardes Calender）である。この時間もまた、聖人の日で刻まれる時間のように、数学的・機械的時間ではない。季節ごとの仕事によって刻まれる時間、農作業の進行が刻む時間である。その意味ではこの時間もまた人々の生活に密接に結びついている。この時間が聖人の日で刻まれる時間と違う点があるとすれば、それは自然のリズムと一体となっているということである。季節とは関係のない都市の工場とは違って、ここでの人々の営みは農業・牧畜業であり、そうである以上、常に自然の変化、季節の進行にしたがって進められてゆかねばならないからである。言い換えると、人々は従事する仕事の中身が変わるたびに、季節の経過、一年の進行を知るのであり、その意味で仕事がカレンダーであり〝時計〟なのである。その違いはあるにしても、これら二つの時間の重要な共通点は、いずれも円周的（cyclic）な時間であること、一年が終わればまた新たな一年が始まり、同じような営みが繰り返されるという、悠久の相の下にある時間であることで、西暦の年号のような、数学的時間特有の直線的、不可逆的進行、「二度と戻ることのない」時間とは性質を異にしているのである。

四

本論は、もともと地名に代表される地理的空間の話から始め、それがいかに時間的概念と一体となっているかを考察するはずであった。その方向で議論を再び時間から空間へ戻すことにしたい。

この作品の最も有名な箇所の一つに「大納屋」（the Shearing barn）の描写がある。この建築物の構造・外見についてのハーディの描写は、さすが元建築家だけあって委曲を尽くしている。問題はその外観の描写に続く部分である。

同じ時代に同じスタイルで作られた教会や城については言えないが、この大納屋については言えることがある。それは、当初この建造物を作った目的が今なお使用されている目的と同じことである。それら中世の遺物とは違って、いやむしろ、それらよりも勝って、この古い納屋は時の手による破壊に耐えて機能し続けている。少なくともここでは、この古い建物を建てた人々の精神が、現在これを見る人々の精神と一つになっている。この風雨に痛めつけられた建物の前に立つ時、一貫した機能的持続に満足感を覚えつつ、目は現在の用途を見ながらも、こころは過去の歴史に馳せるのである。（第二二章、強調筆者）

これは建物、つまり空間的構造物の描写ではまったくない。まさに、時間が語られているのである。そのことは強調を施した言葉がすべて時間のカテゴリーに属するものであることでおわかりいただけると思う。目の前の建物という現在だけでなく、その由来、歴史的変遷、これからの存続——そういった空間が帯びている時間的要素に満ちている。言い方を換えれば、この部分を書いている作者の意識の中では、時間感覚と空間感覚が渾然一体となっていることをうかがわせると言ってもいい。そして、教会や城砦が直線的時間の進行、すなわちhistoricityに晒されて風化していくのに対して、この大納屋が具現する時間は、先ほど述べた、生活に密着した円周的時間であり、それによって永遠性を保っていること、つまり、この物語を覆う二つの基本的な時間が、一つの空間構造の中に凝集されていることの叙述なのである。

五

すでにお気づきの方もおられると思うが、時空間の一体化という観点から本論を進めようとしている私の頭の中にあるのは、バフチンのクロノトウプ（chronotope）という概念である。バフチンはダイアロジズム、カーニバル、ヘテログロッシア、プロゼイイクスなど、数々の斬新で革命的な文学理論で知られるが、その中にあってこのクロノトウプという概念は比較的馴染みが薄いものの一つかもしれない。簡単な要約を試みようと思うが、前記諸概念がそうであるように、彼の場合、一見単純に見える指摘が実はきわめて奥の深いものであることが多く、簡単な要約というのが困難である。彼がクロノトウプを論じている「小説の時間とクロノトウプの形式」にしても、指摘そのものは単純に見えながら、議論の対象はギリシャ・ロマンスから一九世紀リアリズム小説まで、実に広範囲にわたり、内容的にも単なる文学論の枠を超えて、人間の行動原理と倫理性の問題という哲学的考察を究極の目標に掲げている。したがって、以下の要約は彼のクロノトウプ論のごく一部、本論における私の議論にかかわる部分だけのものであることをまずお断りしておきたい。

クロノトウプとは文字通り「時空間」（time-space）という意味である。彼がわざわざ新しい用語を使って言いたかったことは二つある。一つは人間の意識の中では、時間意識と空間意識は常に重なり合っているということで、彼がこの点を強調するのはそれが芸術的表現に関わる問題だからである。つまり、文学はこれまで時間・空間をどのように表現してきたかの問題を提示した上で、文学においては時間が常に時間のタームで、空間が常に空間のタームで表現されてきたわけでは決してない。むしろ、空間でもって時間を、時間でもって空間を自由に表現してきた。「（文学的クロノトウプにおいては）時間はいわゆる幅を持ち、肉づけされ、芸術的に眼に見えるものになる。空間もまた空疎なものでなくなり、時間・プロット・歴史に反応するものとなる」（Bakhtin, 84）。このように文学的に表現された時空間は、時間や空間をあくまでも人間の意識との関係で捉えようとしている点で、科学的厳密さを標榜する数学的時間、時計の時間に比べて、より我々の認識に親しいものなのだとバフチンは言う。

もう一つは、時空間は人間の意識によって認識されるものであるから、必ずしも一通りではなく、時代によって、社会によってそこに生きる人間の意識のありように基づいて異なった形態があるということ。つまり時空間は、数学的普遍性・絶対性を持つものと考えるべきではなくて、相対的なものであり、したがって単一ではなく、複数存在するというのである。それを前提とした上で、彼は具体的な文学論に入る。

彼がまず指摘するのは、文学の各ジャンルはそれぞれ固有のクロノトウプを持っているということである。すなわち、ギリシャ・ロマンスのクロノトウプと一九世紀リアリズム小説のクロノトウプとはまったく違うということである。例えば、ギリシャ・ロマンスの場合、典型的プロットは、若いヒーローと若いヒロインが突然出会い、たちまち恋に落ちることから始まる。しかし、ふたりはその後様々な障害に阻まれ、なかなか恋を成就できず、何度も危機的状況に陥る。しかし、最後にはそのすべてを乗り越えて、めでたく結ばれる。これをギリシャ・ロマンスの典型的プロットとした上で、そこに流れる時間をバフチンは"adventure time"と呼ぶ。この時間の特徴は、時間であって時間ではないということ、言い換えると「ここにはどのような時間も流れていない」ということである。すなわち、出会ってから結ばれるまでの二人はまったく人間的に変化・成長していないし、その二つのモメントの間に挟まれる様々な事件にも、時間的経緯の結果としての不可避性が感じられない。

これとまったく対照的なのが一九世紀のリアリズム小説で、そこにははっきりと時間が流れている。一番簡単な例で言えば、例えば『アンナ・カレーニナ』において、この小説の五〇ページにおけるアンナと五〇〇ページにおける彼女とでは、その間にはっきりとした変化・成長が見られる（Morson and Emerson, 377）。また、流れるものとしての時間は、個人の精神的成長を促す動因として機能するだけではない。広く社会状況の変化を促す動因ともなる。したがって、一九世紀リアリズム小説では、時代・場所の特定性が重要になってくる。例えば、ギリシャ・ロマンスでは「難破」がつき物だが、それには海さえあればよかったのであり、どこの海、いつの海などは無関係であった。ところが、例えば『ミドルマーチ』においては、あの時代、あの場所が小説の内容と不可分に結びついており、どこでも、いつでもいいというわけにはゆかないのである。本章の第一節で、ハーディが丹念に地名を書き込んだこと、テスの悲劇はマーロットやフリントコウム＝アッシュという背景がなければ成り立たないと述べたのはこの意味である。

バフチンのこの議論は単なるジャンル論にとどまるものではない。各ジャンルがそれぞれどのような時空間意識を持っていたかを探ることによって、そのジャンルが人間をどのようなものと考えていたか、世界をどのようなものと見ていたかが明らかになると考えたのである。「人間についてのイメージは常に本質的にクロノトウプ的である」(Bakhtin, 85) と彼が言う意味は、各文学が含む人間についての前提概念、それを決定するのがクロノトウプであるということなのである。例えば、ギリシャ・ロマンスの時空間意識は、人間は最初から最後までなんら変化しないことを前提としているし、一九世紀リアリズム小説のそれでは、時間を経、経験を重ねることによって人間は変化・成長しうることを前提としている。要するに、時間をどのようなものとして捉え、空間をどのようなものとみなしているかを明らかにしてゆくということは、その背後にある人間観・世界観を明らかにしてゆくということなのである。ある特定のジャンルが含むクロノトウプ、ある社会が前提とするクロノトウプ、それらはあらゆるものに対する価値観、バフチンの言葉で言えば〝イデオロギー〟と結びついているということである。

六

バフチンについてはこの後も必要に応じて言及することにして、ひとまず本題に戻ることにしたい。私が本論でクロノトウプを援用しようと思ったのには二つの目的がある。一つは、この作品全体がどのようなクロノトウプで成り立っているかという問題。これについては、この作品を覆う二つの時間、また「大納屋」の叙述における時間と空間の一体化を述べた部分である程度論じた。もう一つは、それぞれの登場人物のクロノトウプ、すなわち、オウク、ボールドウッド、トロイの三人がそれぞれどのような時空間意識を持っていたか、また作者によって、どのようなクロノトウプの場に置かれているかを分析すること、それによってバスシバをめぐる三人の男という、この作品の基本構図に新たな解釈を試みることである。

この観点から言って、もっともはっきりしているのはトロイである。以下は、彼が結婚式を挙げるために教会でファニーを待つ場面である。

時計人形が一一時半を告げた。（中略）刻々と時が過ぎても誰も現れないので、沈黙は重苦しいものとなり、誰も席を立つものはいなかった。機械人形がきしみながらまた出てきて、一一時四五分を知らせ、そそくさと引っ込んでいったが、それは痛いほど慌しかった。（中略）なおも時計は時を刻み続けた。息を呑んで見守っていた女たちも、次第にひそひそ話やらくすくす笑いをし始めた。その後、また水を打ったような静寂がきた。皆がけりがつくのを待っていた。人形がせわしなく一五分おきに時を告げるために、時間の経過が異常なまでに速く感じられることに気づいたものもいた。またきしむ音が聞こえたとき、きっと人形が時間を間違えたに違いないと誰しも思った。（第一六章）

トロイの時間の最大の特徴は、時間は常に断片的瞬間の連なり、〝刹那〟に過ぎないことである。そのため、右の引用が最も良く示しているように、彼が登場する場面では時間は分単位に進行する。息を詰めて成り行きを見つめる会衆と、じっとファニーを待ち続けるトロイ。沈黙の中を、時計人形が歯車の音をきしませて、秒を刻み、分を刻んでせわしなく一五分単位で時を知らせる。これがトロイのクロノトウプである。では、彼のこのようなクロノトウプは、彼のキャラクターとどのようにかかわっているのであろうか。それは、彼が登場するもう一つの有名な場面、彼がバスシバ相手に剣の妙技を披露する第二八章にもっとも明らかである。以下はすべて同章におけるトロイの科白からの引用である。立論のためにあえて原文を引用することにしたい。

'*Now* just to learn whether you have pluck enough to let me do what I wish, I'll give you a preliminary test.'

'*Now* you are not afraid, are you? . . .'

'O no – only stand as still as a statue. *Now*.'

'I won't touch you at all – not even your hair. I am only going to kill that caterpillar settling on you. *Now*: still!'（第二八章、強調筆者）

トロイが連発する 'Now' は、秒単位、分単位で刻まれる彼のクロノトウプにいかにもふさわしい。というのも、彼にとって、その時その時の刹那（Now）だけが意味を持つのであって、過去も未来も考慮するに値しないことを暗示しているからである。この彼の時間意識こそ彼のキャラクターを知る上での重要な鍵であり、また彼のキャラクターを形成した重要な要因なのである。

彼は、過去の記憶は邪魔なだけ、将来の見通しは余計なだけというタイプの男だった。感ずるのも、考えるのも、気にかけるのも、すべて目の前にあるものだけに限られているために、現在だけを警戒していればよかった。彼の時間観はその時々の一瞬のまばたきのようなものだった。過ぎし日、やがて来る日に意識をめぐらせば、過去は悲哀と同義語となり、未来は心構えを意味するものだが、トロイにはそれらはまったく無縁だった。彼にとって過去とは昨日のことであり、未来とは明日のことで、それ以上先にはいかなかった。（第二五章）

このトロイのクロノトウプの特異性は、オウクのそれと比べればさらに明瞭になる。ふたりのクロノトウプはまったく対照的だからである。トロイの場合、時計人形が彼のクロノトウプを象徴したが、オウクについてもやはり時計、この場合は彼自身の時計がそれを象徴している。

オウク氏は携帯用の時計の代わりに小さな銀色の柱時計を持ち歩いていた。言い換えれば、それは形と用途の点では携帯用時計であるが、大きさの点では柱時計であった。この時計は、オウク氏の祖父が生まれた時よりさらに数年前のもので、進み過ぎるか、そうでなければ止まってしまうという特徴があった。短針の方もまた、時々軸からずれてしまうために、分のほうは正確に知りえても、何時なのかは誰にも確信が持てなかった。（第一章）

「進み過ぎるか、そうでなければ止まってしまう」、「短針の方も軸からずれてしまって、何時かがわからない」というオウクの時計。それは、オウクの時間が〝時計〟という機械に依存しないものであることを示している。現に、この章に続く章、彼が羊のお産を待ち受けている場面で、夜中に羊の鳴き声に気づいた彼は、飛び起きて時刻を確かめようとする。この時もまた彼の時計の短針は外れてしまっていて役には立たない。だが、彼には別の方法がある。

その子羊を母羊のそばに置いた後、彼は立ち上がり、じっと空を見つめた。星の高さから夜の何時かを確かめる

ためである。「一時か」ゲイブリエルは言った。（第二章）

これがオウクのクロノトウプである。つまり、天体の運行で計られる時間、季節の変化によって刻まれる時間、そして労働や生活と密着した時間なのである。トロイの時間を〝刹那〟の時間とすれば、オウクのそれは悠久の時間であり円周的な時間である。ということは、本章の第二節で述べた作品全体を覆う時間とオウクの時間とはまったく同質のものだということであり、バスシバをめぐる三人の男たちの争いで、最後に彼が〝勝利〟を収めるのは、彼のクロノトウプと作品のクロノトウプとが完全に一致するからである。

このことはまた、オウク個人の問題にとどまらず、彼の人間関係、共同体における位置づけとも関わってくる。この村の人間関係の中心ウオッレン亭で酒を飲みながら、〝村のコーラス〟のひとりマシューはオウクにこう話しかける。「俺たちゃ、お日さんやお月さんで時間を計るんだが、お前さんも同じくらい上手にお星さんで時間を計れるんだってな」（第一五章）。つまり、オウクのクロノトウプは共同体のクロノトウプとも一致するのである。トロイが結局はこの共同体のアウトサイダーでしかなかったのに対し、オウクがやすやすと同化できたのは、この共有されたクロノトウプ、バフチンのいう「自然的・円周的時間と牧歌的・農業的時間の混ざり合った」（Bakhtin, 103）クロノトウプのお陰でもあったのである。

一方、ボールドウッドのクロノトウプもまた、この二人とは極めて対照的である。彼と時計との関係は、これまでの二人に比べれば希薄である。本論第三節で引用した部分「翼を広げた鷲が乗っかった時計」くらいである。しかしこの一句だけで彼のクロノトウプが的確に象徴されている。すなわち、彼にとって時計は時を計るものというより〝置物〟に過ぎないのである。置物に象徴される彼の時間は、前述のギリシャ・ロマンスの“adventure time”にぴたり合致する。この時間意識の特徴をバフチンは次のように述べている。

この種の時間においては、何ものも変化しない。世界はこれまでのままであり、主人公たちの人生行路に変化はなく、感情も変わらないし、人々は歳を取ることすらない。この空疎な時間はどこにも痕跡を残さず、時間が経過した兆候も見られない。繰り返しになるが、これは現実の連続する時間の中の二つの瞬間に挟まれた時間の枠外の空白なのである。(Bakhtin, 91)

ボールドウッドには二つの瞬間しかない。〝突然の〟バスシバからの求婚の手紙によって一挙に恋情に火がついた瞬間と、ようやく思いが叶えられそうになった〝まさにその時に〟トロイが現われ、逆上した彼が銃を発射する、この二つの〝暴発〟の瞬間だけである。その二つの瞬間の間には時間はまったく流れていない。彼はひたすらバスシバに恋焦がれ、愛を求め、結婚を迫り続ける。それだけである。引用にある通り「感情は変わらないし、歳もとらない。時間は何の痕跡も残さない」のである。トロイが失踪し、ようやくボールドウッドにチャンスがめぐってくる。彼は慎重にタイミングを計って、バスシバに再婚を迫る。バスシバは逡巡するが、例のバレンタイン・カードのこともあって断りきれず、六、七年後なら考えないでもないとの曖昧な返事でその場を逃れようとする。そのときのボールドウッドの応答。

[年月は]あっという間に過ぎていく。過ぎた後になって振り返れば、驚くほど短かったと思えるはずだ——今の時点で、先を見通すのに比べてはるかに短く。(第五一章)

彼にとって六年や七年は何でもない。それら年月は積み重ねられる「経過」(passing)としての時間ではなくて、念願が叶うまでの「空白」(hiatus) に過ぎないのである。したがって、もし念願さえ叶うのであれば、これが一〇年であっても一五年であっても、彼にとって同じことなのである。バフチンは、ギリシャ・ロマンスの典型的お膳立てとして、「運命のように逆らいがたい突然の瞬間的な情熱が燃え上がり、やがて、あたかも不治の病のようなものとなる」(Bakhtin, 87) と述べているが、それはまさにボールドウッドのケースと同じである。そして、ギリシャ・ロマンスのヒーローやヒロインにとって、最初の恋の瞬間と最後の恋の成就の瞬間の二つの瞬間しかなく、その間にいかに長い時間が経過しようと、それはすべて空白であるという点でもボールドウッドの場合とまったく同じなのである。「彼は人生の六年もの歳月をあたかも二、三分であるかのように無にして (annihilate) しまおうとした」(第四九章)。バフチンはこの種のクロノトウプに頻出し、その特質を要約する常套句として、「突然に」(suddenly) と「まさにその時に」(at just that moment) の二つを挙げている (Bakhtin, 92)。ボールドウッドの悲劇は〝突然に〟バスシバに求婚されたことから始まり、トロイが〝まさにその時に〟現われたために幕を閉じたのである。

結び

本論が最後までクロノトウプとの関係を論じなかった登場人物がいる。この物語の主人公バスシバである。前掲のトロイの言葉「なに、君は時計を持っていないのか」が象徴的である。論じなかったのは意図的である。なぜなら、この物語を三人の男に求婚された彼女がどの男を最終的に選択するかを軸とする物語であるとすると、その選択とは、男たちがそれぞれに具現するどのクロノトウプを彼女が自分のクロノトウプとするかの物語だからである。

この物語の結末を一応ハッピー・エンドとみなすとして、それはバスシバが結婚するからではない。ハーディは、結婚をもってハッピー・エンドとする物語の終わらせ方に常に懐疑的であった。そうではなくて、この物語がある意味で真のハッピー・エンドとみなしうるのは、バスシバが最後に「正しい」クロノトウプ、この作品全体の基底となっているクロノトウプを具現する男を選んだからである。すでに述べたように、オウクがトロイやボールドウッドと決定的に違う点は、彼がクロノトウプを共有することを通してこの村の共同体と緊密に結びついていることである。この作品の重要な空間としてウオッレン亭がある。仕事を終えた村人が酒を飲みながら一堂に会する場所である。何かあるごとに人々はここに集まり、何事につけここで相談する。つまり、ここはこの村の共同体の中心なのである。と同時に、それは〝時間的空間〟でもある(これは本来奇妙な合成語であるが、本論をここまでお読みいただいた読者には理解していただけるものだと思う)。この場所で村の人々は、古老の親方を取り囲んで村で昔あったことを聞き、亡き人の思い出に耳を傾ける。死者たちは彼らの記憶の中に生き続け、今でも共同体のメンバーとして扱われる。誰それは誰それの孫、誰それと誰それは昔なじみ、そんな話に耳を傾けながら村人たちは、自分もまた過去から現在へ、さらには未来へと続く系譜の中にいることを確認する。村という共同体は決して空間的概念ではない。しきたり、労働、行事、さらには迷信などをも含めて、それらを共有しあう集団である。その中でも大事なのは〝物語〟の共有である。ここに集うものたちが持ち寄る虚実ないまぜの〝物語〟、その物語の中に含まれる共有された記憶、その記憶がつなぐ時間の流れ、それこそが共同体の求心力であり、それはすぐれて〝時間的空間〟なのである。

バスシバはもともとこの共同体にとってアウトサイダーであった。伯父の牧場を継ぐために外から入り込んだ存在だったのである。また、牧場主という階級的理由からも共同体の中にありながらその中に溶け込みにくい存在でもあった。この村の中心がウオッレン亭であって、バスシバの屋敷ではないのはそのためである。したがってこの物語は、いかにしてアウトサイダーの彼女がこの共同体の中へ溶け込んでゆくか、その過程の物語とも言える。そのためには、オウクがそうであったように共同体のクロノトウプを自ら分かち持つことが必要なのであり、彼女とオウクの結婚がハッピー・エンドでありえるのは、この結婚がバスシバにそれを保障するものだからである。

引用文献

Bakhtin, Mikhail, 'Forms of Time and of the Chronotope in the Novel,' *The Dialogic Imaginaion.* Ed. Michael Holquist, trans. Caryl Emerson and Michael Holquist, Austin: The University of Texas Press, 1990.

Morson, Gary S. and Emerson Caryl, *Mikhail Bakhtin: Creation of a Prosaics.* Stanford, California: Stanford University Press, 1990.

第四章　読み直す『カスターブリッジの町長』

一

テキストを繰り返し読むことの効用はいまさら言うまでもない。読み返すたびに、それまで見えていなかったもの、見落としていたものが次々と見えてくる。しかし、ハーディの小説の中で『カスターブリッジの町長』ほど、初めて読むときと再度読むときとの落差の大きい小説はないのではないか。その原因はテキストの核に当たる部分に秘密、すなわちエリザベス＝ジェーンの素性についての秘密、が組み込まれているからである。たとえば、スーザンとエリザベスがヘンチャードに会いにカスターブリッジに戻ってきたときの描写。

［二人連れのうちの若い方が］スーザン・ヘンチャードの成人した娘であることは一目見ればすぐわかった。（第三章）

初めて読む読者は、作者がわざわざ「スーザン・ヘンチャードの娘」と書いて「マイケル・ヘンチャードの娘」

と書かなかった理由をこの時点で見抜くことはできない。また、親娘と再会した後のヘンチャードの問いかけに対するスーザンの応答。

「一言言ってくれ。わしを許してくれるか、スーザン」。

彼女はなにやら小声で言ったが、はっきりとした返事にはならなかった。（第一一章）

ここも初めて読む場合、ほとんど問題にならないだろう。せいぜいで、スーザンが受身一方で煮え切らない女であるとの印象を増幅させるだけである。しかし、この先を読み進んで、今のエリザベスが元のエリザベスでないことを知った後ではまったく意味が違ってくる。「許してくれるか」とのヘンチャードの問いに彼女が答えることができないのは当然で、彼女自身がヘンチャードを現在進行形の形でだましていて、許す立場にないのであるから。それは読み返さないと決してわからないものである。

本書に『町長』論の一章を組み込むために、テキストを今回また読み直してみた。そして改めて、繰り返し読むことの重要性を実感した。ただしそれは、それまで見えてなかったものがはっきり見えてきたというのではない。むしろ逆である。それまで問題がないと思っていたものが急に曖昧・複雑に見えてきたのである。今挙げた例で言えば、初めて読んだ時、「はっきりとした返事のできない」ただただ受身な女としか見えなかったスーザンが、よく読めば実は計算づくで将来に備えるたくましさを持つ人物であることがわかってきたのである。それについては後で述べる。

再読によって出てきたこれよりもっと大きな問題がある。すなわち、この小説の冒頭部分で、ヘンチャードは妻と子供を売り飛ばしてしまうが、彼は本当に売り飛ばすつもりがあったのだろうか、という問題である。この小説については大分前に論じたことがあって、その中での私の主張は「彼のこの暴挙は一見酒に酔った上での衝動的行動のように見えるが、実はそうではない。彼には元々、若くして妻帯したために人生を棒に振ってしまったという苦い後悔の念があって、できることならもう一度自由の身になりたいとの密かな願望を抱いていたのである。酒の勢いは、前々からの願望の背中を押しただけのことである」という趣旨のものであった（福岡、一九九五）。今でもこの解釈がそう間違っているとは思わないが、今回読み直してみて、別の解釈も可能なのではないかと思えてきたのである。

問題の箇所を検証し直してみよう。テントの外で老いた馬が競りにかけられ売り飛ばされるのに触発されて、酔ったヘンチャードは自分も妻を競りにかけると言い出す。周りのものは取り合わないが、彼は本気だという。妻のスーザンが止めるのにも耳を貸さず、値段を切り出す。まず、一ギニーから。


「もっと値を吊り上げるんだ、競売人」わら束職人が言った。

「二ギニーでどうだ」競売人が言ったが応ずるものはいなかった。

「今のうちだぞ。すぐに値をもっと吊り上げるからな。それでもいないか。それなら、競売人、もう一ギニー積み増せ」

「三ギニーだ。三ギニーで手を打たないか」鼻汁を垂らした競売人が言った。

「誰もいないか。俺はこの女にその五十倍も金をつぎ込んでいるんだぞ。競りを続けろ」

「四ギニーでどうだ」

「言っとくがな、五ギニー以下では絶対売らないからな」夫がこぶしを振り下ろしたのでテーブルの鉢が踊った。

（第一章）

この部分で「おや」と思ったのは、この競りの奇妙さである。普通、競りは値をつける人が多い場合は次第に値段を吊り上げていくが、そうでない場合、今のように誰も値をつける人がいない場合は、最初に高い値段をつけて、次第に値を下げていくのが普通である。ところが、ヘンチャードは、誰も申し出るものがいないにもかかわらず、次第に値を吊り上げ、買い取りにくくしているのである。もちろんこれだけで、彼には元々妻を売る意思がなかったのだ、などと言うつもりはない。半分くらいはひょっとすれば誰か買うと言うかもしれないとの気持ちはあっただろう。しかし、後半分は、どうせ買い手など現れるはずがないと高をくくった上での、いつもの憂さ晴らしのための悪態、相手構わずの鬱憤晴らしではなかったかと思わせるのだ。ヘンチャードが妻子を売り飛ばすと言い出したのは今回が初めてではない。「マイケル、あんた前にもそんな馬鹿なことを人前で言ったことがあったわね」とスーザンも言っている。これは、独り身に戻りたいとのヘンチャードの願望が、その場限りの衝動ではなく前々からのものであることを意味する一方で、思いに任せぬ日々の暮らしへの鬱憤が「お前など、売り飛ばしてやる」という悪態として、実行する気のない、憂さ晴らしの儀式としてたびたび繰り返されていたとも考えられる。

そのことと絡んでヘンチャードが「それ以下では渡さない」と言った五ギニーが重要になってくる。五ギニーとは一体いくらくらいの金額なのであろうか。もしこれが「はした金」なら、金額はどうでもいい、何でもいいから売り飛ばしたかったということになる。一方、五ギニーが相当な金額であるとすれば、元々買い手など現れるはずがないと知った上でのこと、売る気など最初からなかったという推測が成り立つ。この五ギニーの多寡についてJ・P・ブラウンが参考になる。

ハーディの『カスターブリッジの町長』にも、幕あけと同時に、田舎のお祭りで酒に酔った男が、妻と娘を五ギニーで通りすがりの船員に売り渡す場面が出てくる。この金額は注目に値する。学生たちの頭には、往々にしてこれが今日の大体二〇ドルくらいの金額として入ってくる。もちろん小遣い銭ほしさに妻と娘を売るのは、一時の狂気の沙汰である。恐ろしいことには違いないが、酔っ払った経験を持つ人であれば、多少は身につまされる面もあることであろう。しかし妻と娘を一〇〇〇ドル——と言ったほうが今日の相場額により近い——で売ったとなれば、その行為はまったく違った色彩を帯びるようになってくる。(Brown, 松村 九)

このように、ブラウンは五ギニーが相当の高額であることを指摘した上で、そうなるとヘンチャードの行動についてのわれわれの評価はがらりと変わってくるはずと言う。そこまでは私も同意する。だがその先はいささか見解が違ってくる。ブラウンの出した結論は、「マイケル・ヘンチャードは、トマス・マンの言葉を借りていえば、がっちりと握ったこぶしのような生き方をする、がめつい人間なのである」となる。一方、私の方は、先ほどの競りの値段の吊り上げ方と併せて、五ギニーがかなりの大金であるということを考えると、彼の意識の半分くらいでは、売れるはずがないし、売るつもりもなかったのではないかと読めてくるのである。何しろ場所は、片田舎のテント作りの安食堂、そんなテントにやってくる客のほとんどは、その日その日の生活に追われる貧しい農業労働者だったはず。だとすれば、そんな大金を出せるものなどまずいない。ヘンチャードはそれも見越していたはずだ。少なくとも、予想もしない人物、船乗りという村の住人に比べて格段に裕福な職業の男が金を出そうと切り出すまでは。

このときまでは、「妻を売るという」とっぴな提案を出してきたこの男が、果たして本気なのかどうかその真意はわからなかった。実際、周囲の連中は進行する事態を一種の行過ぎた悪ふざけくらいにしか見てはいなかった。この男が、仕事にあぶれた末に、世間や社会や直近の身内に当り散らしているだけとしか見てはいなかったのである。（第一章）

さらに重要なのは、船乗りが突然現れるそのタイミングである。

テントの入り口になっている三角形の開き口に立っていたのは一人の船乗りだった。彼は誰も気がつかないうちに、つい二、三分前ここにやってきたのだ。（第一章）

「つい二、三分前」ということは、彼はヘンチャードの競りを言い出す前の愚痴の部分を聞いてはいない。最初から彼の言動を見ていたら、周囲のもの同様「仕事にあぶれた末に、世間や社会や直近の身内に当り散らしているだけ」であることが船乗りにもわかったはずで、そうであればヘンチャードの言葉を真に受けて、「よかろう」と応ずることもなかったかもしれないのである。

鈍い不安の表情が夫の顔に広がった。それはまるで、こんな結末になることを予想していなかったような表情だった。（第一章）

二

ヘンチャードによる競り売りについては他の話題に移る前にもうひとつ触れておきたいことがある。ヘンチャードの悲劇の原因が彼の激しい性格によるものか、それとも、目に見えない超越的悪意、つまり運命によるものかという問題である。「ハーディは嫌いだ」と公言してはばからない人が少なからずいて、その人たちが言うには、たとえば『ダーバヴィル家のテス』でなぜ作者はああもテスをいじめ抜くのか、読んでいて苦しくなると言うのである。確かにあの作品についてはその感想はかなり当たっている。テス自身にほとんど落ち度がないにもかかわらず、結果は常に人間の努力や祈りをあざ笑うかのように悲惨なものとなる。その典型例が、告白の手紙である。強く結婚を迫るエンジェルに抗しきれず、テスはついに受け入れる気になる。だがその前にやっておかなくてはならないことがある。自分の過去をすべてエンジェルに打ち明けることである。口頭で伝えることに失敗した後、仕方なく、すべてを綴った告白の手紙を彼の部屋に忍び込ませる。だがそれも結局は届かなかった。カーペットの下にもぐりこんで、エンジェルの目に触れることはなかったからである。彼女の告白の遅延が後に重大な悲劇的結果を生み出す経緯から見て、この一件はまさに虚無的とも言える不幸な偶然であり、作者はテスをいじめすぎていると嫌悪する人がいてもおかしくはない。

それに対して、ヘンチャードの場合だいぶ事情が違う。彼の転落のほとんどすべては彼のあの激情的・衝動的行動に由来する。その典型例が冒頭の行動、酔った勢いで妻子を売り飛ばすという行動である。それは自らの性格が招いたもの以外の何ものでもありえず、まさに、ハーディがノバーリスを借りて言うところの「性格は運命なり」なのであって、読者もヘンチャードに対しては、テスに対して感じたような「作者による不当な扱いへの憤り」をほとんど感ずることはない。

しかし、果たしてそれがすべてだろうか。小説の後半でこそ、目に見えない超越的悪意がたびたび彼を襲うことになるが、妻子を売り飛ばすという行動に限っては、多くの論者はすべて彼の性格に帰して、不幸な偶然など一切関与していないと考えているようである。実は、今回再読して気がついたのだが、それが必ずしもそうではなくて、やはり不幸な偶然がこのときすでにヘンチャードの行く末に影を落としていたのである。というのは、酔ってしまえば夫が何を言い出すかわからないことを案じたスーザンは、「より安全なテント」を選んでいるからである。二人が何か軽い食事を摂ろうと見回すと、テントが二つ。


一方は新しい、ミルク色の帆布のテントで、てっぺんの赤い旗には「おいしい自家製ビール、エール、サイダー」と書いてあった。もう一つの方は、これより古く、小さな鉄製のパイプがテントの背面から突き出していて、正面には「おいしい雑炊あります」と看板が出ていた。男はどちらにしようか思案していたが、気持ちは「ビール」の方に傾いていた。

「だめだめ、こっちのテントよ」と女が言った。「わたし、雑炊大好きなの。この子だって。あなたも試してみたら。一日歩き詰めだったから精がつくわ」

「そんなもの食べたことないよ」しかし男は女の提案に折れて、そのまま雑炊のほうのテントに入った。（第一章）

つまり、彼は、できるだけ酒を遠ざけようとする妻の勧めに一度は従っている。ところが、その雑炊屋はひそかに粥の中にラムを混ぜて客を取る商売をしていたために、誘われるままに強い酒を呑み、やがてあの愚行に出る。もう一方のテントのビールかサイダーにしておけば、と言うのはうがちすぎだとして、少なくとも、そうならないようにとの配慮が裏目に出たことだけは確かである。これ以降、章を重ねるごとに、「目に見えぬ悪意」が次第に露骨に目に見えて来て、彼の「配慮」はことごとく裏目に出るようになる。町の人の歓心を買うためのフェアーの失敗がそうであり、先行きの天候を予測した上での穀物取引の失敗もそうである。ただ、それら一連の転落の発端である競り売りだけは弁明の余地なくすべて彼の性格に起因する、と見るのはいささか酷で、そのときすでに運命はほとんどそれとわからない形でヘンチャードを陥れようとしていたのである。

三

次にスーザンについて考えてみよう。彼女も、読み直すことによって、最初の印象とはかなり違う印象を与えるキャラクターの一人である。彼女についてはアーヴィング・ハウが「不平を抱え込みながらじれったくなるほどひたすら受身のままの、垂れ下がるぼろのような女」と切り捨て、「そんな女を売り飛ばすことは男のファンタジーをくすぐるもの」と書いたものだから、エレイン・ショウォルターが反駁、そのような読み方は男だけのもの、女の目から見れば、むしろ男の身勝手に振り回される気の毒な女なのだと擁護した（Showalter, 171）。その論争はともかく、ハウの言うことは当たっている部分もあって、ひたすら押し黙り、常に控えめで自分の意思を表に出さない忍従の女との印象は確かにある。今回その印象がかなり違ってきたきっかけの一つは、やはり先ほどのヘンチャードによる競り売りの場面である。どうせ応ずるものなどいないと高をくくっていた彼に、「買おう」との声。ヘンチャードは驚く。それでも「冗談だよ」と一言言いさえすればその場をしのぐことができたはずである。それができなかったのはスーザンの一言である。

「もしあんたがそのお金にちょっとでも手を触れたら、私とこの子はあの人についていくからね。いいこと、もう冗談ではすまないのよ」

「冗談だと！もちろん冗談なんかじゃないさ」彼女の言葉にかっとなって、夫が叫んだ。（第一章）

もし彼に冗談の一言ですませようという気があったとしても、こうスーザンに機先を制せられては、いまさら冗談だったとは言い出せない。彼の気性を考えれば、半ば売り言葉に買い言葉のように「もちろん冗談なんかじゃない」と応ずることは目に見えている。言い換えれば、彼の気性を知り抜いているスーザンは、自分から冗談という言葉を持ち出せば彼がそれを真っ向から否定することを知った上で、彼が冗談の一言で事態をうやむやに終わらせることに先手を打ったのではないか。要するに、このときすでに彼女は夫を見限るという重大な決意をしていたのだ。五ギニーがテーブルの上に置かれて以降、競りは俄然現実味を帯び、急転した事態にテントの中は凍りつく。長い沈黙。その沈黙を破ったのがスーザンであった。彼女は決断した。もうこれ以上耐えられないと。その上で「冗談」の一言でヘンチャードを挑発したのだ。これより数章後、すでに穀物商として成功を収めたヘンチャードのところに、麦の品質について苦情が持ち込まれたとき、

彼の顔が曇った。表向きの穏やかな表情のすぐ下に癇性が透けて見えた。二〇年ほど前、妻を売り飛ばしたときのあの癇性が。（第五章）

実は今の日本語の訳はある箇所を略してある。英語で見てもらわないとわからないからである。

. . . the temper which, *artificially intensified*, had banished a wife nearly a score of years before. (my emphases)

問題は artificially である。「酒に煽られて」と解するのが普通であろう。しかし、先ほどのスーザンの決意の一言と絡ませた場合、「挑発に乗せられて」とも読めて来はしないだろうか。それが読み過ぎであるかどうかはともかく、少なくとも彼女をひたすら忍従の女と見る見方は決して十分とはいえないことは確かで、一夜明けて、自分がやってしまったことに愕然となったヘンチャードの「彼女は、いつもは穏やかに見えていても、その下には大胆さと憤りを隠していたのだ」（第二章）との述懐は、遅すぎたとはいえ、彼女の本質を衝いた言葉であろう。

彼女を見直すもうひとつのきっかけは、彼女が最初のエリザベス＝ジェーンが死んだ後、後から生まれてきた女の子に同じエリザベス＝ジェーンという名前をつけたことである。これは常識ではちょっと考えにくい。自分のみならず娘までも金で売り飛ばすという薄情な夫は、彼女にとって一刻も早く忘れてしまいたい存在のはずで、新たな夫との間にできた子供に、前夫の子供と同じ名前をつけることは、忌まわしい過去をいつまでも引きずることになるからである。死んだ娘への未練とも考えられるが、おそらくニューソンの強い反対をスーザンが押し切った上での命名と考えれば、未練だけでは説明がつかない。たとえ未練だとしても、それは表向きの理由であろう。ではなぜ、スーザンは同じ名前をあえてつけたのだろうか。ひょっとしたら、自分たちがいずれヘンチャードの許に戻ることになるかもしれないとの予感があったからではないか。ニューソンが船乗りであることがまずある。いつ何時、海で命を落とすことになるかわからない職業である。現に、彼女が娘を連れてカスターブリッジに舞い戻ったのも、一家がイギリスに戻った後、ニューソンが航海に出たまま行方不明になったからである。それよりも考えられることは、ヘンチャードと絶縁したその絶縁の仕方そのものに対する懐疑である。あれで本当に法的に婚姻が解消されたのであろうかという不安である。もし法的に認められなければ将来前夫の許に戻される可能性がある。現に彼女は友達からヘンチャードとの関係が法的には切れていないことを知らされてカスターブリッジに戻ったと言っている。そうなったら今の娘はどうなるのか。血のつながっていない養女としてヘンチャードに冷たくあしらわれるのではないか。と考えれば、スーザンがニューソンとの間にできた子供に前夫の子供と同じ名前をつけたのは、いずれ自分たちがヘンチャードの許に戻る可能性を見越した上で、ヘンチャードにこの娘があの時の娘だと思わせて、彼の庇護を確保するためだったと思われるのである。そうなると、我々のスーザンに対する見方、「じれったくなるほどひたすら受身の女」との見方はかなり修正を迫られる。その受身な表面の下にしたたかな計算を立て、将来に備えるたくましさが見えてくるからである。

それだけではない。ニューソンとの子供をヘンチャードの子供だと偽り、彼から最大の庇護を引き出そうとする裏には、スーザンなりの意趣返しも感じ取れる。彼女が娘の本当の素性を明かすのは彼女の遺書の中でだが、そこには「エリザベスの結婚式の当日まで開封しないこと」と書かれてあった。つまり、エリザベスが結婚によって新たな庇護者を確保するまでは、ヘンチャードにはあくまでも自分の子供と思わせておく。結婚式が終わった後、事実を知ったヘンチャードは、スーザンに騙されていたことを悟り臍をかむはず。そのときは自分はこの世にいないだろうが、それを想像するだけでも幾分胸のつかえが下りるような気がする。そこまで先を読んで、同じ名前を新たな子供につけたとまでは言わないが、その命名に彼女の暗い怨念がこめられていることだけは確かだと思う。

四

冒頭にも述べたように、今回この小説を読み直してみて初めて、真の意味が見えてきたなどと言おうとしているのではない。むしろ、その逆で、ますます曖昧になってきたといえる。「曖昧」という言葉が〝曖昧〟なら、多面的、両義的に見えてきたと言ってもいい。ヘンチャードの競り売りは必ずしもすべて彼の性格のせいにできないこと、あの競りで彼が本当に売り飛ばす気があったのかどうか疑問がわいてきたこと、スーザンは従来言われているようなただただ受身の女などではなく、ある種のたくましさを備えた人物ではないのかということ、等々。ただし、だからといってこれでもって従来の解釈をすべて覆そうとするものではない。従来の解釈はそのままに、その解釈にこれらの読みを併置して、両義的に読むことを提案しているだけである。

ところでこの曖昧性あるいは両義性は、単に個々のエピソード、個々のキャラクターについて複数の解釈が成り立つということだけにとどまってはいない。この作品が伝えようとするメッセージそのものが両義性と深くかかわっている。そうであることは、この小説の最後に表明される。

少々長めの英文で気がひけるが、ここだけは原語で見てもらわないとわかってもらえないのであえて引用することにする。論述の都合上（a）と（b）に分けてあるが、もともと一続きの文章である。

（a）But [Elizabeth-Jane's] strong sense that neither she nor any human being deserved less than was given, did not blind her to the fact that there were others receiving less who had deserved much more.（b）And in being forced to class herself among the fortunate she did not cease to wonder at the persistence of the unforeseen, when the one to whom such unbroken tranquility had been accorded in the adult stage was she whose youth had seemed to teach that happiness was but the occasional episode in a general drama of pain.（Chapter 45）

（a）にしても（b）にしても「厄介な」文章であることは間違いない。ただ（a）と（b）とでは「厄介さ」の中身が違う。（a）の場合の厄介さはもっぱらlessの頻出による。この一文は結局何を言っているのであろうか。こうもlessが繰り返され、しかも否定語まで混ざると迷ってしまうが、「自分たちは、今与えられている程度のものは貰って当然だとエリザベスは思っていたが、だからといって、当然受け取るはずのものを受け取れていない人々がいることも知っていた」くらいの意味だと思うが、正直言ってここまでたどり着くのに私自身は相当行ったり来たりを強いられた。

（b）はどうか。ここもまた「厄介な」箇所であることは、たびたび誤解の原因となっていることからも明らかで、たとえば最後の部分の「人生という苦しいことばかりのドラマにおいては、幸せなどほんの束の間の挿話に過ぎない」を捉えて、悲観論者としてのハーディを証拠づけようとする試みがよく見られるが、この一文は本当に「幸せなどほんの束の間の挿話」だと言っているのであろうか。なるほど、若いころのエリザベス＝ジェーンがそう思っていたことは確かである。この小説の初めのほう、彼女がファーフレイと出会って間もない頃、二人の考え方が極めて近いことがこれとほぼ同じ文章で書かれている。

人生や人生を取り巻くものについて、彼は彼女とまったく同じ考えだった。それらは喜劇的というより悲劇的であること。時たま、うれしいと思うこともあるが、それはいわば幕間劇で、ドラマの本体の一部ではないということなど。（第八章）

しかし、どのような文章も文脈の一部であり、文脈によってのみ意味が決定されるわけで、今の場合も、先行する文章をよく見れば、「若いころの不遇な時期にはそう思っていたが」との留保が付けられている。ということは、エリザベスが現在でも「幸せなどほんの束の間の挿話」と思っているかどうかはこの文章からは判断できないのである。

さらに、彼女が常に驚きを禁じえなかった「繰り返される予期せぬ事態」とは具体的には何のことか。先ほどの「幸せなどほんの束の間の挿話」をそのまま悲観的に読む人は、それとのつながりに捉われて、この場合の「予期せぬ事態」も暴虐な運命、不幸な偶然、裏切られる希望などネガティブに解してしまいがちである。しかし、この場合の「予期せぬ事態」とは運・不運のランダムな交差、今のエリザベス＝ジェーンに限って言えば、むしろ一時の幸運ではないだろうか。それではパラグラフ全体の悲観的人生観にそぐわないと言われるかもしれないが、決してそうではない。

ハーディのもっとも有名な詩のひとつに'Hap'というのがある。もしも、どこかの神が「私」への復讐心に燃えて、ただただ苦しみや不幸ばかりを押しつけてくるのであれば、いくらでも耐えて見せる。

だがそうではない。なぜ歓びが葬られたままに捨て置かれ、
なぜ　最高の希望の種子に花が咲かないのか？
――それは〝愚鈍な偶然〟が日光と雨を邪魔し、
さいころ遊びに興ずる〝時〟は、うれしさの代わりに悲しさの目を出す。
霞み目の〝運命の操り手〟たちはわたしの人生の旅程に
苦しみ同様、至福をも喜んでふり撒くのだ

Hapという語は普通は「偶然」と訳されるが、この詩の場合わかりやすくいえば「でたらめ」ということだろう。苦しみ、悲しみが人生のすべてであるなら、人は開き直ってひたすら耐え抜くことに意味を見出すこともできよう。ところが、それと同じくらいに思いがけない幸運がもたらされる。その「どっちつかず」が悩ましいのだと詩人は言う。

この詩に照らして先ほどのエリザベスの述懐を読めば、この場合の「予期せぬ事態」とは、さまざまな困難を乗り越えて無事ファーフレイと結婚、町長夫人の座にある自らの「幸運」を指すことは明らかであろう。ただし、だからといって彼女が手放しで自分の幸運を喜んでいるわけではなく、むしろ、当惑（wonder）しているというのが本当のところだろう。つまり、'Hap' に言う、人生という旅程に降りかかる悲しみと喜びのでたらめな配分、その思いがけなさに当惑しているのである。

ハーディがペシミストとよく言われるのも理由のないことではないと思うが、だからといって彼がこの世のことをすべて悲劇一色で見ているとも私は思わない。主役の男女が思いつめ苦悩する深刻なドラマの一方で、バランスを取るように、うれしいことも悲しいことも、昔からの世の習いとして、素朴なユーモアと陽気な諦念で受け流す村の人々がいるし、ハーディ自身も『トマス・ハーディ伝』の中で「悲劇の奥には喜劇があり、喜劇の奥には悲劇がある」という趣旨のことを述べている（Hardy, 1962）。要は、どう見るかであって、この世そのものは悲劇といえば悲劇、喜劇といえば喜劇、そのどっちつかずの混交なのだというのがハーディの真意ではないかと思う。エリザベスの当惑もその曖昧さに対する当惑なのであって、その当惑を超えてやがてキーツの言うnegative capability（どっちつかずの不安定な状況にあえて身を置く態度）に近い心境に達した、最後の部分での彼女の落ち着いた受容的態度はそのことを暗示しているように思う。

先の引用文の複雑さ・曖昧さに関して、文意を得るのに私は「行ったり来たりを強いられた」と述べたが、ひょっとしたらそれは最初から意図されたものであったのかもしれない。すなわち、あの文章の晦渋さは、作者自身が読者を「当惑」させるために故意に仕掛けたものであると。つまり、一貫する文意を求めて行ったり来たりする中で、読者自身が、エリザベス＝ジェーンの「当惑」を実感するように仕組まれている、言い換えれば、文章自体が文意を enact するべく仕組まれているのではないのだろうか。

人が生きていくことに意味があるのか無いのか、人は努力すれば幸福な結果が得られるのか、それともどんなに努力しても決して報いられることなどないのか、人の一生の転変はすべて運命によって決まるものなのか、それともすべては個人の性格に起因するのか。この作品が提示するそのような問題に対し、読者は読めば読むほど「行ったり来たり」を強いられる。そして、その行ったり来たりを繰り返した果てに、結局、答えはそのどちらでもないし、同時にどちらでもあるという諦念に達し、エリザベス＝ジェーンの言う「悲しみも喜びも含めた上での予期せぬことの繰り返し」を受容することになるのではないだろうか。

> 詩人や小説家のなすべきことは、もっとも偉大なものの下に潜む矮小さ、もっとも矮小なものの下に潜む偉大さを示して見せることである。（Hardy, 171）

引用文献

Brown, Julia Prewitt, *A Reader's Guide to the Nineteenth-Century English Novel*. London: Macmillan, 1985.『十九世紀イギリスの

小説と社会事情』松村昌家訳、英宝社、一九八七。
Hardy, Florence E., *The Life of Thomas Hardy*. London: Macmillan, 1962.
Showalter, Elaine, 'Towards a Feminist Poetics,' *Contemporary Literary Criticism*. Ed. Robert Con Davis, New York and London: Longman, 1986.
福岡忠雄『虚構の田園——ハーディの小説』、京都あぽろん社、一九九五。

第五章　粗暴な紋様
――『ダーバヴィル家のテス』

一

文学の研究にしても、思想活動の場にしても、ある新しい概念の導入を契機に、突如として新しい地平が開かれ、パラダイムの転換が行われることがある。その結果、それまで、皆が見ていたはずなのに見えてなかった思いがけない相貌が浮かび上がってくることになる。文学研究で言えば、たとえばかつての「アンビギュイティ」とか「パラドックス」といった概念、最近では「イデオロギー」や「主体」などの概念がそれにあたるのではないかと思われる。それら一連の概念は、それぞれに文学テキストへのこれまでとは異なるアプローチを可能にし、文学が抱え持つ新しい問題を切り拓くきっかけとなってきた。本章の主題である「セクシュアリティ」という概念もそれらに勝るとも劣らないくらいに我々にインパクトを与えた概念であり、この概念が打ち出されて以降、とりわけハーディ研究の分野でセクシュアリティをテーマとした論文や著作が次々と生み出されてきた観がある。その成果は目覚しく、この概念が導入されて以来、我々のヴィクトリア朝を見る目が一変してしまったと言ってもいいくらいである。ついこの間まで、禁欲的で、生真面目で、息苦しいほどに道徳的だと見えていたあの時代が、今やその取り澄ました表面とは裏腹に、実は性に対する過剰と言えるほどの強迫観念に取り憑かれていた時代として、その様相をがらりと変えてしまったのである。

しかし、こうした華々しい成果を挙げる一方で、最近の関連する論文などを読んでいて感ずるのは、この画期的な概念がもて囃されればもて囃されるほど、どうも当初この概念が持っていた分析用語としての輪郭、たとえばこの概念と対になっていたはずの「ディスコース」とか「パワー」とかの近接概念との関係が見失われ、ただ単に男女間の関わりがあればすべてなんであれセクシュアリティに結びつけて、彼らの行動の端々に隠された性的動機を嗅ぎ当てるという傾向に傾きすぎている嫌いがあるように思われる。そこで、この輪郭が曖昧になりすぎた用語をもう一度元の構図の中に戻して確認すること、それもハーディの小説言語との関連で試みてみようというのが本論のテーマである。すでに気づかれていることと思うが、私の念頭にあるのはミシェル・フーコー、特に彼の『性の歴史』第一部で打ち出された考え方であり、したがって「元の構図」というのも彼が組み立てた構図のことである。

「セクシュアリティ」という言葉そのものは一九世紀半ば頃からすでに性科学や文化人類学の用語として用いられており、周知のごとくフロイトにも例の『セクシュアリティ理論についての三つのエッセイ』という著作があることからもわかるように、この用語自体はフーコーの発明になるものではない。したがって、セクシュアリティを論ずるのに必ずしもフーコーに依拠しなくてはならないというわけではない。ただ、フーコーの考え方の斬新さの一つは『性の歴史』というタイトルからも窺えるように、性を〝歴史的なもの〟として位置づけたこと、つまり、フロイトのような心理分析家が性を普遍的、ahistorical な局面で捉えようとしたのに対し、フーコーは時代の推移、特定の時代の社会的・文化的背景の中で形成される〝歴史的構築物〟(historical construct) として見たことにある。

従来の見解によれば、ヴィクトリア朝はそもそも、性に関しては厳しい沈黙、頑な抑圧が支配した時代のはずであった。しかし、それはあくまでもうわべだけのこと、あの時代の性を男女間の性愛（ars erotica）の面でしか見てこなかったためであって、もう少し視野を広げれば、それとはまったく違う様相が見えてくるのではないか。実はヴィクトリア朝ほど活発に性が〝語られた〟時代はないのであって、医学、教育、人口論、精神医学、それらはことごとく最大の問題として性を取り上げ、個人の肉体的・精神的健康、社会秩序の安定、国家の繁栄の根本にかかわるものとしての性を繰り返し語ってきたのではなかったか。このような形で、語られる対象となった性、知識の対象とされた性、それがセクシュアリティであって、セックスとははっきり区別されなければならない。言い換えると、単なる「肉体的行為」のはずのものが、時代のイデオロギーの下でさまざまな社会的・文化的意味を刻印された結果構成されたもの、それがセクシュアリティという概念の意味するものの実体なのだ――以上が、フーコーの〝性〟に関するシナリオの概略であろうかと思う。

ただ、今のうちに断っておいたほうがいいと思うが、私はあくまでもイギリス小説、特にトマス・ハーディの研究を専らとするものであって、フーコーに代表されるフランス現代思想についてはいわば素人である。したがって、本論での私の主眼も、ハーディについていささかでも新しい見方が提示できればということにあって、〝フーコーの哲学の解明〟などといった大それたことは考えてはいない。ただ、先にも述べたように、彼の関心が向けられたのがイギリスの一九世紀、いわゆるヴィクトリア朝であったこと、しかも彼のセクシュアリティの概念がコトバの問題と密接な関係に位置づけられていること、それを考えると、ヴィクトリア朝小説におけるセクシュアリティ、とりわけハーディの小説におけるセクシュアリティのあり方を論題とする以上フーコーは避けて通れないのである。

作家としてのハーディは多様な顔を持っている。ウェセックスの田園風景の魅力を余すところなく描いたパストラリスト・ハーディ。人間の生にまといつく不運や不幸を目の当たりにして「無関心な超越者」を想定しないではいられなかったペシミスト・ハーディ。時の流れは逆らいがたく、生けるもの皆やがては老いてゆく無残さを嘆く無常観の人ハーディ。確かにそれらはいずれも作家ハーディの重要な側面である。しかし、それらすべてよりもっと重要な側面がほかにある。それは、豊穣にしてかつ複雑な男女関係に対して終生強い関心を持ち続けた作家ハーディである。男女の恋愛、夫婦の離反、それらはもちろん古今東西、文学が繰り返し取り上げてきたテーマである。何もハーディだけが男女関係を中心的テーマとしたわけではない。にもかかわらず、この関係のあらゆる詳細、たとえば、恋愛中の男女の微妙な心理と生理、結婚した後の夫と妻の間の意識のずれ、あるいは、精神的飢餓感など、ハーディほど全作品を通して徹底して追及し続けた作家はそう多くはない。もっと重要なことは、彼は作家経歴のごく初めのころから、男女関係の核心にあるのがセクシュアリティであることを見さだめていたことで、性に関する描写の極めて困難なあの時代にあって、さまざまな迷彩を施しながらも、自らの確信を追及し続けたのである。彼自身の言葉に言う「男と女がいて、この性をはさんだ関係の基盤をどうやって見出すかというあの永遠の難問」(『森林地の人々』序文)、つまりセクシュアリティこそが作家ハーディの最大のテーマであったと言っても過言ではないのである。

二

ハーディの小説『テス』の中に二箇所極めて暗示的な〝空白《ブランク》〟が出てくる。その一つは、例の晩、ご猟場でテスが処女を喪う場面である。

遊糸のように繊細で、事実上雪のようにブランクなこの美しい女性の組織の上に、いかに運命とはいえ、このような粗暴な紋様《パターン》がなぞられるとは一体どうしたことであろうか。（第一一章）

よく知られているように、そもそもこの部分、この晩のご猟場での出来事を記述する文章自体が極めて曖昧、というより、故意に空白にしたかのような印象を残す箇所で、そのためにいまだに、あれはレイプだったのか、それとも誘惑事件だったのかをめぐって批評家の意見が分かれている。この空白の意味については、後で触れるとして、ここでは的を絞って、引用文中の〝ブランク〟の意味を考えてみたいと思う。ブランクなはずの肉体に押しつけられた粗暴な紋様——これはこのときのテスの経験の本質をついた言葉のように私には思われる。このときを境に、本来、意味とか価値とかの入り込む余地のない個人的生理、個人的感覚の領域であったはずの彼女の肉体が、一気に処女性の問題、出産の問題、性と結婚の問題、さらには性と人格の問題などなど、社会的・文化的領域に取り込まれていったからである。引用文にある「組織」（tissue）、「紋様」、「なぞられる」（traced）などの用語は、元々白紙のページのようなものであったはずの女性の肉体が、やがて何らかの紋様を書き込まれずにはすまないものであることを示唆している。最近のジャーゴンを借りて言えば、彼女の肉体が暴力的なパターンによって勝手に表象化され、イデオロギーの体系へ取り込まれた瞬間だということになるであろうか。つまり、この後、彼女の肉体はさまざまな意味を刻印された記号と化し、周囲の男たちの、さらには周囲の社会の恣意的な〝解釈〟に委ねられてしまうのである。そして、肉体を記号と化し、社会的価値観に照らしてその意味を確定する上で決定的役割を果たすのがコトバである。

あの晩の出来事がいったいどういう意味を持つのかわけがわからないままアレックの許で数週間を過ごしたテ

スは、冷静さが戻ってくるとともに、実家に帰る決心をする。その彼女が家路に向かう途中でひとりの男に出会う。彼は日曜日ごとに、赤いペンキと大きなブラシを携えて、安逸をむさぼる世の人々に警告を与えるための聖書の文句を書いて回っているという。

古い灰色の壁から、最初の文言に似た火を吐くような文言が現れ始めた。壁はこれまで求められたことのない任務に当惑したかのように、奇妙な見たことのない表情となった。彼が半分書きかけた文言を読み、その後に続くものを悟った彼女の顔がぱっと赤らんだ。

汝、犯すことなかれ……（第一二章）

先ほども述べたように、あの晩あのことが起こる以前のテスの肉体は一種のブランクな領域、いかなる意味づけもなされていない空白の状態であった。ハーディ自身の言葉を借りて言えば「経験に染められていない一個の感情の器」だったのである。しかし、あの事件は一挙にその空白の〝器〟を社会的・倫理的レベルの肉体へと変質させてしまう。その変質への媒介となったのがコトバである。「彼が聖書の文句を半分まで書いたとき、彼女は突如として悟った」とテキストは言う。逆に言えば、その時までテスはあの事件の意味を図りかねていたのである。あの晩の出来事がレイプであったのか誘惑事件であったのかについて論者の意見が分かれていることはすでに述べた。その最大の原因は、あの後テスが数週間アレックの許で暮らしを共にしたことにある。ご猟場での状況だけ見ればレイプに近いが、その後の経過はテスの側にも多少とも応ずる気持ちがあった上での誘惑事件との可能性を匂わす。この重要な箇所での多義性を安易に作者の側の落ち度として片づけてはならない。他の多くの場合がそうであるように、ハーディの作品における曖昧性、多義性は背後に重要な意味を隠し持っていることが多い。今の場合もまさにそうで、あの事件そのものはあくまでも〝事件〟(event)であって、アプリオリな〝意味〟などといったものはない。そこに意味を持ち込むのは〝コトバ〟、つまり事件を表象のネットワークの中に搦めとる手段としての言説(discourse)である。あんなことがありながら、そのままアレックの許で数週間を過ごす、テスのこの不可解な行動が示すものは、彼女にとってあの晩のことはあくまでも〝事件〟のレベルに過ぎなかったということである。数週間を経て、彼女がアレックの許を離れる決意をするのも、あの事件についての道徳的意味、倫理的罪悪感のせいではなくて、彼女は自分がアレックを愛していないことに気がついたからに過ぎない。

「あんたが僕のところへ来たのは、僕を愛してくれているから、なんてゆめゆめ思っちゃいないよ」
「その通りよ。本心からあなたを愛していたのだったら、今でもあなたを愛しているのだったら、こんなにも自分の弱さを責めたり、自己嫌悪に陥ることもなかったでしょうに。(中略)いっとき、少しばかりあなたに眼が眩んでしまった、それだけのこと」(第一二章)

彼女が聖書の章句を書いて回っているという男に遭ったのはこの直後である。そして、彼の書いた聖書のコトバとの遭遇によって、あの〝事件〟は一挙に〝意味〟を与えられ、罪として烙印を押されるのである。ここにもブランクがある。肝心のコトバ、「姦淫」(adultery)がテキストの上では欠落しているのである。ここでのブランクが意味するものは、彼女の行動が、口に出したり文字で明記したりすることすら憚られる大罪であることへの暗示とも取れるし、同時に、その罪の根拠は、目に見えない形でのみ社会に流通する社会的合意、暗黙のルールに基づくものであって、それ以上の根拠がないことをハーディはひそかに匂わせているというようにも取れる。それはそれとして、テスの〝罪〟が、事件そのものから発生しているのではなくて、聖書の文言との遭遇によって初めて発生したものであることを確認しておきたい。

ここで少し視点を広げ、当時のヴィクトリア朝社会全体を含めた言い方をするならば、元々ブランクなはずだったものの上に恣意的なパターンが書き込まれ、その結果、肉体そのものが倫理的判断の対象とされる、このテスの経験は、当時の女性一般が置かれた状況に通底するものであったと言える。すでに述べたように、一八世紀から一九世紀にかけて、本来「単なる生殖のための行為」あるいは「罪のない快楽」(Weeks, 6) であったはずのセックスが、国家なり社会なりの最大の関心事に仕立て上げられ、さまざまな文化的・社会的意味づけの施される場になっていった。しかも、そのような性の管理は当時の〝二重規範〟のせいで、もっぱら女性たちの肉体を対象としたのである。それを集約するのが例の有名な「家の中の天使」というスローガンで、一見女性に対する賛美のコトバに見せかけながら、ここに盛り込まれた性のイデオロギーは、一方的に女性を天使として祭り上げ、そのイメージにふさわしい「精神性」(spirituality) を強制する一方で、「女性には性欲はない」とする当時の医学的言説などに典型的に見られるように、自然なはずのセクシュアリティの方は封じ込めてしまうことにあったのである。(1) つまり、彼女たちもまた「ブランクな肉体に恣意的な紋様を書き込まれ」ていたのである。

三

セクシュアリティをめぐるフーコーの見取り図にはまだ先があって、彼が本当に言いたかったのは、このような形で性を管理する、というよりむしろ性を〝生産〟するメカニズムとしての〝パワー〟の存在、またそのパワーを維持する装置としての〝真理〟および〝知識〟の存在であるのだが、フーコーのそのようなグランド・デザインについてはこれ以上立ち入ることを控えたいと思う。ただ、セクシュアリティとコトバ、フーコーの用語で言う〝言説〟との関係についてはどうしても避けるわけにはいかないし、それこそハーディとの兼ね合い、小説テキストの兼ね合いから言っても重要な問題であるので、ここで少しそのことを考えてみることにしたい。

テスの悲劇を決定づけたのは、あの晩、あの森の中で処女を失ったことにあるのではない。アレックとの関係の清算、赤ん坊の死などの試練を乗り越えて、酪農場タルボセイズで働き始めたテスは、身も心も傷は癒えていた。そうではなくて、エンジェルに自分の過去を告白したこと、それも結婚式を済ませた後の、もはや後戻りのできない初夜の晩になって告白したことが、彼女に対する最終的な裁きを決定づけたのである。あの晩まずエンジェルが自分の過去を語ってみせる。それに誘われたかのように、テスもまた告白する。それは一種の誘導・強制された告白だと言えるのではないか。愛する人の告白を聞いておきながら、自分は秘密を隠し通すことなど、あのときのテスにできたわけがない。逃れられなくなってテスは求められるままに、彼女自身のセクシュアル・ライフ、アレックとの関係を告白する。その時点で彼女の運命は決したといえる。エンジェルの出奔、テスの生活の窮迫、アレックとの復縁とその後の殺害、そしてテスの処刑、いくつもの糸が複雑に絡み合って次第に抜き差しならぬ形で悲劇へ向かうこの物語の中で、最大の分岐点はあのときのテスの告白だったのである。ところが、この重要なモメントであるはずのテスの告白が、実はテキストの上では存在しない。以下は、テスがついに告白に踏み切る直前を述べたのである。

彼女が身を乗り出すと、首のダイアモンドの一つ一つがヒキガエルのような不吉な音を立てた。自分の額を彼のこめかみに押しあて、視線を落としたまま、ひるむことなく一語一語つぶやくように、アレック・ダーバヴィル

との出会いとその結果を語り始めた。（第三四章）

ここで第四部は終わっている。そして、第五部は次の一句で始まる。

彼女は語り終えた。（第三五章）

つまり、告白の中身が完全に欠落し、空白となっているのである。この空白は何を意味するのであろうか。

私には二つの理由が考えられるように思われる。その一つは、これはすでに以前述べたことがあるのだが（福岡、第二章）、この時点でのテスには、どのような言葉を用いたにしろ、彼女の過去を否定的にしか再現できない類のコトバ、どれほど慎重な言い方を選ぼうとも、あのような経験に対しては一切の弁明も正当化も許さないコトバしか残されていなかったことである。エンジェルと恋に落ち、彼への愛を深めていく彼女は、いじらしいまでに自分を彼にふさわしい女に仕立て上げようとする。何しろ、二人の間には、農村労働者階級の女と、ミドル・クラス出身の男という階級の違いが大きく横たわっていたからである。ここに、男女間のセクシュアリティを常に階級の問題と絡めて捉えようとするハーディの基本的態度が見られるのであるが、それについてはここでは深く触れない。ともかく、テスのひたむきな努力は成功し、やがてエンジェルが彼女のことを「教養の点では立派なレディ」と胸を張るほどになる。しかし、その成功には危険な代価が伴っていた。テスにとってエンジェルにふさわしい女になるとは、彼女が生まれついての農村共同体のコトバを捨て、レディにふさわしいミドル・クラスのコトバを身につけることだったからである。言い換えれば、彼女は自分の過去を平穏な形で説明し得るコトバを奪われてしまっていたのである。

このことを理解するための格好のエピソードがテスの第二一章に出てくる。テスが乳搾りとして働き始めた酪農場である日奇妙な事が起こる。長い時間をかけて攪拌し、もうそろそろできていいはずのチーズがどうしてもできてこないのだ。首をかしげる一同を前にして酪農場の主人クリック氏が次のような逸話を語り聞かせる。昔から、チーズができてこないときには、酪農場の誰かが恋をしているからだという言い伝えがあった。それで思い出すのはジャック・ドロップの奴だ。奴さん、女癖が悪く次から次へと娘をだまし歩いていた。あるとき、だまされた娘の一人の母親が恐ろしい剣幕で農場に怒鳴り込んできた。恐れをなしたジャックはあわててチーズ攪拌機の中に逃げ込んだが、すぐにその母親に見つかった。どうなることかと見ていると、その母親、いきなり攪拌機をガラガラ回しだしたから驚いたのは中にいたジャック。たまらず、平謝りに謝って、娘と結婚することを約束した。

「お願いだ、回すのをやめてくれ。ここから出してくれ」頭を突き出しながら、奴さんは言ったもんだ。「これじゃ、りんごの搾りかすみたいになっちまう」。（奴は根は臆病者なんだ。この手合いによくあるように）。「生娘を傷物にした償いをしてからのこった」とかみさん。「やめてくれ、鬼婆あ」。「鬼婆あだと、この女たらしが。本当は、五ヶ月も前からおっかさんと呼んでいいはずの私をつかまえて」。（第二一章）

農村社会特有のユーモアとおおらかさに包まれているためについ見逃しそうになるのだが、実はここに描かれている事件は、結婚前の娘がだまされて処女を失ったという点でテスのそれと同じものなのである。実際、テス本人はいち早くそのことを悟り、いたたまれずこの場を去ろうとする。一人の娘の身に起きたことの内容ではほとんど同じはずなのに、二つの事件がわれわれに与える印象は、まったく異質である。何が違うのだろうか。その最大の理由は、同じ事件でありながらそれを語る際の〝語り方〟の違いである。一方が、方言を交えてユーモラスかつおおらかに語られているのに対し、テスの場合は、この後、厳しいモラル、厳格な倫理に照らされて語られることになる。ただし、すぐに付け加えねばならないのだが、私がここでいう〝語り方〟とは、単に内容と形式を二分して、同じ内容をこっけいな調子と深刻な調子の二つの声音で語り分けるというようなことではない。そうではなくて、語りの形式が内容そのものの意味を決定する、事件がどのような語りの中に取り込まれるかによって事件そのものの本質が変わってくる、そのような両者の関係を念頭に置いていることである。言い換えれば、この逸話を語る農場主クリックのユーモラスでおおらかな語りは、その背後に、この種の〝事件〟をよくあることとして滑稽話の中に解消させ、笑いのめして乗り越えてゆく、農村社会に生きるもの特有の逞しさ、健康な現実主義に裏打ちされていることである。つまり、いささか改まった物言いをすれば、クリック氏の語りのユーモアもおおらかさも、それなりに、農村社会が現実の過酷な事態に対処する際の知恵、辛い経験から生み出された生きるための英知、などによって編み出されたこの社会固有の〝言説〟を反映しているということなのである。もしテスの事件もこの言説の中で扱われていたならば、もう少し穏便な、もう少し曖昧な形で許されていたかもしれなかった。しかし、エンジェルに恋し、エンジェルにふさわしい女になろうとして彼女が踏み込んでいったミドル・クラスのコトバ、そのコトバを染め上げているイデオロギーはそれとはまったく違い、彼女のあのような経験、あのようなセクシュアリティのあり方については、一切の釈明も弁明も許さないコトバだったのである。

語ることを封じられた、語れば語る言葉自体によって裁かれてしまう。それはテスだけのことではなかった。小説『テス』もまた同じ運命を辿ったといえる。本来ミドル・クラスのライフ・スタイルや価値観を代弁するジャンルとして成立した〝小説〟の言説、特にハーディがこの作品を執筆した当時の小説の言説もまた、そのようなセクシュアリティのあからさまな記述を排除することを求めたからである。それを犯せばテキスト自体の存在が危うくなったのである。事実、小説『テス』が何度も語ることを封じられてきた、つまり出版を次々と断られ、次々と書き直しを求められてきたことは周知の事実であり、それに対抗するための手段、それがあのご猟場の夜の場面での空白であり、『テス』の告白における空白だったのである。

四

テスの告白が抱え持つ空白については、先ほど二つの理由が考えられるのではないかと言っておいた。もうひとつの理由というのは、そもそもここは初めから空白のままでよかったのではないかということなのである。つまり、テスを裁くには告白の〝中身〟そのものは問題ではなく、中身よりも告白という〝形式〟そのものが重要だったのではないか。物語のこの部分での目的が、彼女の過去を引き出して、テスを裁くことにあるとすれば、彼女を誘導してそのセクシャル・ライフを語らせ、コトバ化させること、つまり、告白という形式に誘い込むことで十分であり、告白で語られた中身はむしろ彼女の罪を彼女自身に追認させるものに過ぎなかったかも知れないのである。

フーコーによれば、性を管理する上で最も基本的手段は、性を語らせること、性をコトバ化させることにあるという。ヴィクトリア朝のあの性に関する言説の氾濫はまさにその結果であると。つまり、告白という形で性をコトバ化させ、その上で既存の言説のネットワークの中に絡めとり、そうすることで性を管理し、性の管理を通して社会秩序の維持・固定を図ろうとしてきたことだと彼は言うのである。遡ってみれば、中世以来キリスト教の伝統である〝告解〟（confession）という儀式そのものが、その機能を担ってきたのであり、それは現代の精神分析における手法に受け継がれている。それら告白を誘導する仕掛けこそは、性を私的な領域から、社会的な領域に引き出すための制度化された装置だということなのである。

告白とは、話している主体そのものが陳述の対象となる言説の儀式の一種である。それはまた、力関係の中で展開する儀式でもある。というのは、告白は相手の存在（あるいは実質上の存在）があって初めて行われるもので、その相手は、単なる対話者ではなくて、権威を持つものとして、告白を要求し、告白を取り仕切り、評価し、介入しては、告白者を裁いたり、罰したり、赦免したり、慰謝したり、調停したりするのである。（Foucault, 61-2）

フーコーがここで言っている要点は、告白、特に性に関わる告白が〝力関係〟（power relation）、すなわち、力を持つものとそうでないものとの間で行われる場合、それは性を管理するための装置として機能すること、その場合、告白の聞き手は単なる〝対話者〟（interlocutor）ではありえず、必ず力に勝る〝権威者〟（authority）として相手を裁き、罰するものとなることである。告白の形式が含むこのようなメカニズムは、テスの告白と、それがもたらした過酷な結果に多くの示唆を与えてくれるように思われる。

テスの告白を聞いたエンジェルは、どうして彼女を許すことができなかったのであろうか。普通であれば、恋人同士の告白、ましてやテスとエンジェルのように深く愛し合っている者同士の間であれば、告白はより強い結びつきを生みこそすれ、あのような結果になることはなかったはずである。これを彼の道徳面における偏狭さという心理的要因に帰してしまうことは簡単である。しかし、もう少し視野を広げて、もっと別の、彼個人の愛とか善意とかに関わりなく、彼自身もそれと知らぬ間に、ある種の構図の中に取り込まれていたと考えてみたらどうであろうか。先ほども言ったように、告白、特にセクシュアリティに関わる告白は、その本質において秩序を維持するための装置であり、その秩序を乱す恐れのあるものを無邪気に見逃すことはできない仕組みである。秩序の側に立つものが、そのような告白に立ち会っておいて、それをそのまま見過ごすことはできないのである。その証拠に、テスの告白に先だってエンジェルが告白していることをここで思い出してほしい。彼の告白もまた、不本意な形で犯してしまった性的経験についてであったはずである。いや、テスの場合の一種の不可抗力とも言える状況に比べれば、エンジェルのそれは道徳的そしりを免れ得ないものである。しかし、テスは裁かない。裁く立場にはないのである。黙って、彼の手を握り締め許しの意思を伝えるのみである。

結局ここでもまた、われわれはテスの悲劇の核心部にあるのが階級社会の問題であることを確認することになる。テスの告白が、二人の間のより深い相互理解にはつながらず、一方が他方を断罪する結果に終わった最大の理由は、二人が引用に言う〝力関係〟、つまり、階級の違いという溝を隔てていたことに起因していたのである。そのためにエンジェルは自ら意識しないままに、単なる〝対話者〟から〝権威者〟としての立場に立たされてしまった。つまり、裁かざるを得ない立場に立たされてしまったということなのである。一方、テスの側から言えば、彼女にははじめから裁く資格は与えられてはいなかったのみならず、告白の中身如何に関わらず、彼女がエンジェルに誘導されて告白という形式の中へ踏みこんだ時点で、彼女の運命は決したといえる。それが、あの告白の場面における空白のもうひとつの意味だったのではないだろうか。

注

（1）その代表は『生殖器の機能と疾患』（*The Functions and Disorders of the Reproductive Organs*）（1857）などの著書を持つ当時もっと有名だった性医学者 William Acton。

引用文献

Foucault, Michel, "Introduction." *The History of Sexuality*: Volume 1. Vintage Books Edition, 1980.
Weeks, Jeffrey, *Sex, Politics and Society: The Regulation of Sexuality since 1800*. London and New York: Longman, 1961.
福岡忠雄『虚構の田園――ハーディの小説』京都あぽろん社、一九九五年、第二章参照。

（本稿は、平成一〇年五月二三日京都大学で開催された日本英文学会第七七回大会におけるシンポジウム「英国小説とセクシュアリティ――ヴィクトリア朝を中心に」での口頭発表原稿に加筆・補筆したものである）

第六章　アラベラのための弁明

――『日陰者ジュード』（一）

一

この小説を読み返すたびにいつもなぜか引っかかってしまう箇所の一つに、アラベラがジュードを誘惑し、その夜のうちに男女間の〝既成事実〟を作ってしまおうとするくだりがある。追っかけてきて抱きすくめようとするジュードを巧みに避けながら、彼女はこう言う。

「触らないで、お願い」彼女は小声で言った。「今の私、卵の殻みたいなものなんだから。やっぱり安全な所に置いてくるんだったわ」（第一部、八章）

いぶかるジュードに彼女はこう説明する。

「卵よ、コーチン鶏の卵。とても珍しい品種を孵《かえ》そうとしているとこ。どこへ行くにも身につけているのよ。三

週間もすれば孵ると思うわ」（同所）

彼女はその卵を胸の間に挟み込んで、自分の体温で温めているのだという。卵を口実にジュードをじらし、そうかと思うと一瞬取り出してわざと隙を見せる。それはまさに女が男を誘い込むための巧妙な駆け引きであり、ジュードは一も二もなくその罠にはまる。生きるためには手段を選ばず、あらゆる手練手管を駆使して次々と男を手に入れてゆく悪女、もしそれがアラベラに対して持っている我々のイメージの最たるものだとすれば、この部分はそのイメージを読者の脳裏に強く焼きつける代表的な箇所である。アラベラの細工は、このあと二人が結婚した後も次々と明らかになり、自然のままの髪だと思っていたのがかつらだったとか、えくぼが作りえくぼであることが判明したとか、これでもかこれでもかと彼女の偽装が暴露されてゆく。

ところで、かつらや作りえくぼはさておくとして、コーチン卵の件については、どこか腑に落ちない思いがいつも残ってしまう。つまり、語り手がこのエピソードをアラベラのずるさの証拠として強調すればするだけ、語り手の側に何かを隠して、彼女の一面だけを誇張しているような、ある種の作為が感じられて仕方がないのである。

これより先、彼女がこの物語に初めて登場したとき、語り手は彼女を次のように描写する。

彼女は丸く豊かな胸をし、唇は厚く、歯は完璧で、肌の色はコーチン鶏の卵色だった。（第一部、六章）

コーチン卵の色をした肌をもつ娘アラベラと、その彼女が抱くコーチン卵。そのつながりはごく自然に、自分の卵を胸に抱いて雛を孵そうとしている親鳥のイメージへとつながって行く。だとすれば、彼女がその卵を自分の身体で孵そうとする行為は必ずしも語り手が言うほど不自然な行為とは言えず、むしろ「女が生命をこの世に送り出したいって思うのは自然なことだと思うわ」という彼女の言葉の方が素直にそして重く響く。たとえそうでなくとも、少なくとも、アラベラ自身「村の古くからの習慣」と言うこの行為を、ジュードを誘い込むためのコケトリーとしか見ない見方は一方的に過ぎるように思われるのである。むしろ、これをあざとい細工として、かつらや作りえくぼと同列に置こうとする語り手の語りの中にある種の作為を感じてしまうのである。

なるほど、ジュードやスーが自らの信念に正直に、あくまでも理想をあきらめないで生きてゆこうとする姿は痛ましいほどに純粋である。それに較べればアラベラは図太く下品である。しかし、ジュードやスーの純粋さに絶えずつきまとうのは、肥大し過ぎた観念の代償としての生への意欲の希薄さ、挫折に遭遇した場合の致命的ひ弱さなのである。それに較べてアラベラは逞しい。というより、彼女の場合逞しくなくては生きては行けないのである。社会の最底辺の労働者階級に属するだけでなく、当時、殆ど自立への手段が開かれていなかった女性であるという不利が重なる。生き延びるためには、自分が置かれた状況を的確に把握し、あらゆる利益・不利益を計算し、他を押しのけてでも自分を守らねばならないのである。彼女の逞しさは生き延びるための智恵・方便なのである。しかし、ここでも語り手はアラベラに対し手厳しい。彼女の逞しさを生きるための智恵とはみなさず、彼女の本性へとすりかえてしまうのである。その結果、彼女の現実主義は、ジュードやスーの理想主義と対比されて、生まれつき感受性や想像力が欠如している結果だとされ、利益・不利益への冷静な目配りは、生来の物欲のせいにさせられる。その典型的な例が、彼女がジュードと結婚した後のエピソード、頼んでおいた職人が来ないので、二人の手で豚を殺さなくてはならなくなったあの凄惨な場面である。語り手の意図は明白で、この残酷な作業を平然とやってのけるアラベラの神経の図太さ、ゆっくり時間をかけて殺して肉の品質を保とうとする計算高さを印象づけることにある。

（豚の）かすみ始めた目がひたとアラベラに据えられた。それは、唯一の味方だと思っていたものの裏切りによ
うやく気がついた生き物特有の鋭い非難の目つきであることは明白だった。（第一部、一〇章）

「非難の目つきであることは明白だった」とあるが、誰にとって明白なのだろうか。それは語り手以外にない。正確にはジュードの視点に加担する語り手である。この文章が極めて恣意的・主観的な文章であることは明瞭である。透明かつ客観的立場を維持しようとする語り手なら絶対にこのような語りをしない。この部分での客観的記述は前半の「（豚の）かすみ始めた目がひたとアラベラに据えられた」までであって、「唯一の味方だと思っていた」云々を含めて後は全て語り手の主観である。そして問題は、この語り手の主観的な目はアラベラを常に悪意をもって見ていることなのである。

二

従来、ハーディの小説、特に長編の場合、語り手という角度からの分析は余りなじまないのではないかと考えられていた。例えば、ハーディの長編と短編とを較べた場合、短編の多くが語り手によって語られた tale の形式を取っているのに対して、長編では殆ど語り手らしい語り手が出てこない。つまり、短編の語り手ははっきり姿を見せて、我々をあっちこっち案内してくれたり、暖炉の前に陣取って昔話を聞かせてくれるのに対して、長編では語り手はまったく姿を見せず、作者のものとおぼしき声だけの存在なのである。

ハーディの場合、これまで語り手が余り問題にならなかったもう一つの理由は、それが外見上伝統的な全知の(omniscient)語り手、あるいは遍在する(omnipresent)語り手だったからで、例えばヘンリー・ジェイムズやジョゼフ・コンラッドの場合のような、ある特定の視点なり語り手に視座を据え、そこから観察され得るもののみに物語を限定するような厳密さを持ってはいないように思われたからである。ハーディの語り手はどこへでも自由に移動し、だれかれとなく登場人物の心理の内側に自由に入り込んで、読者に余さず必要な情報を提供する形を取っている。そのために、限定された視点と違って、この全知の語りの自由さが、語りの客観性と中立性を保証しているかのような印象を与えてしまったことである。その印象は『ジュード』のような極めてリアリズム的色合いの濃い作品の場合さらに増幅される。

しかし、それはまったくの誤解である。この作品における語り手は決して中立的でもないし、客観的でもない。特定の価値観、特定の人間観を明瞭に持っている。つまり、彼は決して透明な存在などではなく、殆ど姿を見せているのに等しいほどの存在感を読者に感じさせるのである。

かつて、落穂拾いの人々が、陽を浴びながら腰を下ろしていたのもこの四角い庭だった。この場所で、刈り入れ作業と運び入れ作業との間に、男女のカップルが何組も出来て、その結果があの隣村の子供たちだ。また、畑と遠方の農園とを隔てるこの生垣の下で、娘たちは恋人に身を任せたものの、次の年の刈り入れ時期には振り向いてももらえなかった。あの古びた麦畑では、多くの男たちが娘に恋の約束をしたものだが、教会で変わらぬ愛を誓った後の、翌年の種まきの頃には、声を聞いてもぞっとするようになってしまっていた。(第一部、二章)

この部分はジュードが村のはずれで周囲を見渡しながら「なんて醜い場所なんだろう」とつぶやく直後の場面で、

メアリーグリーンの近郊の様子を語ったものである。だとすれば、普通なら荒涼とした原野、人家の侘しいたたずまい、どんよりとした大気などの描写が続くところであるのに、語り手は何の脈絡もなく唐突に自分の過去の思い出を、つまりその場所で繰り広げられた若い男と若い女たちの一時の熱狂と、それに続く幻滅と倦怠をシニカルな調子で語りだすのである。そのような感慨は、まだ少年に過ぎないジュードの内面とは無関係であって、その証拠に今の引用文のすぐ後は、「しかし、ジュードも、彼の周りのミヤマ烏もそんなことは考えてもみなかった」という文章で締めくくられているのである。

この小説の第一部第一章から第三章あたりまでは、自然の掟の冷酷さに怯え、大人になることへの漠然とした不安に悩む、多感でナイーブな少年の意識の内面が正確かつ冷静な筆致で描写されてゆく。そこへ唐突にさしはさまれたのが先ほどの引用、即ちシニカルな大人の声である。この唐突さが契機となって、それまで姿を隠したままで一見客観的な記述を装っていた語り手が、思わずその存在を露わにしてしまったのである。それは読者に対する一つの警告と受け止めるべきである。即ち、この先この物語を語る語り手は、ジュード本人とはまったく対照的に、人生について豊富な経験を持ち、特に男女関係についてはすでにある特定の考え方・見方を固めてしまった語り手であることへの警告である。

三

語り手のこの偏りが最も顕著に現れるのがアラベラに対してである。先ほどのアラベラが最初に登場する場面をもう少し範囲を広げて引用してみよう。

彼が話しかけた娘はかわいい黒い目をした娘で、必ずしも美形とは言えないまでも、少し離れたところから見ればそれで通ったであろう。もっとも、肌の方は幾分かさかさしていたけれど。彼女は丸く豊かな胸をし、唇は厚く、歯は完璧で、肌の色はコーチン鶏の卵色だった。要するに彼女は完全かつ実質的な動物の雌で、それ以上でもそれ以下でもなかった。ジュードの注意を、高尚な人間性に満ちた書物から引き離して、娘たちの心の中でくすぶるものへと惹きつける役目を務めたのはこの娘だと彼はほぼ確信した。(第一部、六章)

この部分がほとんどジュードの視点を通した語りであることは認めよう。ただし、一箇所の例外を除いて。即ち「彼女は完全かつ実質的な動物の雌で、それ以上でもそれ以下でもなかった」という判断はジュードのものではありえない。娘たちに触発されて、突如、性に目覚めたこの時の彼が、そのような冷めた判断ができるはずはないし、「それ以上でもそれ以下でもない」などという断定を下すには、数多くの女を見聞し、その実態をある程度知った大人の経験が必要である。この後、アラベラの魅力にたちまちとりつかれていくジュードがこの時点でこのような冷静な判断をしたとはとても思えない。ジュードでなければ後は語り手しかいない。メアリーグリーンの荒涼とした風景を眺めながら、男女関係の移ろいやすさを冷笑したあの語り手であれば、このような断定を下すにふさわしいだけの見聞と経験を備えていそうである。

語り手のアラベラへの偏見はほぼ全編に及んでいるのだが、そのことを端的に示すのが彼の視線である。すでに二度掲げた引用文が典型的な例だが、彼の視線は専らアラベラの身体の最も肉感的な部分に向かう。まず胸、それから口元、そして肌。アラベラに対するこの特徴的な視線の方向は、単にジュードを誘惑するシーンに限らず全編に共通するもので、決まって「肉づきのいい身体」とか「ふくらんだ胸」が言及される。これが偏ったものであることは、スーへの視線と較べれば一目瞭然である（スーについてはジュードの視点からの描写が殆どで、極端に理想化された形のものが多いのだが、次の箇所はジュードがその場に居合わせない場面であり、したがって語り手による最初のスー紹介の場面である）。

大聖堂でこの儀式が執り行われた同じ日のこれより少し前のこと、うるんだ目と軽い足取りのかわいい若い娘スー・ブライドヘッドが半日の休暇を取った。彼女は勤め先でもあり下宿でもある聖具販売店を後にして、本を携えて郊外に散歩に出た。（第二部、三章）

アラベラのそれと較べてまずスーの身体についての言及が極端に抑えられていることに気づく。胸は勿論、唇も肌の色も言及されず、視線の対象となったのは目と足だけであり、足にしても、その形状や肉付きなどではなく、語り手が注目するのはその軽快な動きである。そのような肉体的特徴よりも、語り手がぜひとも言っておきたかったのは、彼女が散歩するにも本を携えていたことであるかのような、そんな気配すら感じられるのである。

四

私は本論を最近のナラトロジーの知見を借りて進めようとしている。といっても、この理論がこれまでに構築した精緻な分類の逐一にまで立ち入るつもりはなく、本論に関わるものとしてナラトロジーの二つの基本的区別、即ち story と discourse の区別、および「現実の作者」と「テキスト上の語り手」の区別を前提にするだけでよい。

何れの区別も単純なものであるが、テキストを読む上で不可欠な区別である。

story と discourse の区別とは、この理論の淵源とも言うべきロシア・フォルマリズムがもともと fabula と syuznet の二分法として立てたもので、要するに、前者はテキスト中の実際の出来事が時系列に沿って整理されたもの、後者はそれらが実際にどのような順序で、あるいはどのような角度から語られたか、その語られ方のことである。この単純に見える区別も含意するものの意味は深く、この区別を徹底した場合、読者が知り得るものはあくまでも何らかの語りを通したものに過ぎず、物語中の出来事の〝真相〟なり〝実態〟は、読者にとって最後までアクセス不可能な領域とされるのである。そうなると、テキストにおいて最も重要な存在となるのは、主人公でもなければ現実の作者でもなく、語り手そのものとなってくる。ナラトロジーの言う語り手というのは従来の概念に較べて非常に間口が広く、いわゆる〝語りの声〟(narrative voice) も勿論その中に含まれるし、語りが殆ど語りとして聞こえてこないで、専ら劇中人物の内的独白をそのまま写し取っただけのような記述すら〝語られない語り〟(non-narrated narration) として語りの中に含めるのである。この点についてシーモア・チャットマンは次のように言っている。

完全に〝劇化〟されたもの、何者にも介在されないものをも含めて、すべてのナラティブには最終的には作者、即ちそれを考案した者がいることは確かである。しかし、その者と〝語り手〟を混同してはならない。語り手とは、どれほど彼の声がかすかでも、どれほど聞き手の存在が希薄であっても、実際に聞き手に物語を語っている誰か、人ないし存在、のことをいうのである。この存在を感じさせないナラティブ、それを殆ど消去してしまっているナラティブを〝語られない語り〟あるいは〝ゼロの語り〟と呼ぶこともあながち奇妙なことではない。(Chatman, 33-4)

繰り返しになるが、ナラトロジーが問題にするのは、テキスト内の語り手、また時にテキスト内の聞き手（narratee）であって、テキストの外に位置する〝現実の作者〟および〝現実の読者〟は考慮の対象とはされない。また、物語とは必ず語り手を通じたdiscourseの産物であって、物語中の事件の真相、登場人物の本質はアクセス不可能なものとされる。この前提に立脚して議論を元に戻せば、アラベラについて我々が知りえるのはあくまでも語りによって介在された事実であって、彼女についての事実そのものではないということ、またアラベラについてある種の悪意を持って語る語り手は、あくまでもこのテキスト内の語り手であって、作者トマス・ハーディと区別されなければならないということである。

考えてみれば、アラベラは本来テスやマーティ・サウスと同じ境遇の女性である。元々純朴で、生気に溢れ、自然と一体となって生きる若い娘。しかし、そんな彼女たちを貧困が襲い、階級社会の差別がのしかかってくる。しかも女性である。社会的自立の機会を奪われ、男性優位の体制の中で忍従を強いられる。その結果、思わぬ事件に巻き込まれ、思わぬ行動にかりたてられる。そんな彼女たちの生き方をどう眺めどう語るか。それは語りの角度、語り手の考え方・物の考え方一つにかかってくる。テスを例に取ってみよう。デズモンド・ホーキンズはテスについてこう述べる。

テスの人生を法廷記録風に要約することは簡単である。当時の多くの娘たちと同じように、彼女は雇い主の息子に誘惑され妊娠、生まれた子供は死んでしまう。その後、結婚するも、夫は彼女の過去を知って出奔、結婚の完遂は果たされないままとなる。父親の死後、家族を貧困から守るため、再び最初の男のところへ戻るが、その後法律上の夫が思いがけず和解を求めて戻って来たので、最初の男を殺害する。その廉で彼女は逮捕され絞首刑に処せられる。

ここでホーキンズが的確にまとめてくれている「法廷記録風の要約」とは、ナラトロジーの用語で言えば story にあたるものである。つまり、テスの人生において実際に起こった出来事を時系列に沿って並べたものである。そして、ホーキンズはこう続ける。

ずばり言ってしまえば、これは余り代り映えのしない、どちらかといえば、いささかうっとうしい取るに足らない話なのである。それをハーディは、すぐれた技量と同情心でもって、本格的な悲劇の高みにまで引き上げたのである。(Hawkins, 124)

つまり、「うっとうしい取るに足らない」"story"を本格的な悲劇に仕立て上げたのは、優れた技量とヒロインに対する同情心をもってこの物語を語った"discourse"だったのである。それでは、アラベラの半生を「法廷記録風」に記せばどうなるであろうか。「貧しい養豚業者の家に生まれ、貧困から逃れるために結婚はしたものの、同夫はおよそ実現不可能な夢ばかりを追い、生活力が殆どなく、見切りをつけて、オーストラリアへ渡る父親に同行。それもうまく行かず、帰国してロンドンで酒場を経営する男と新たに結婚。この男も死に、故郷に戻って元の夫と再び一緒になる。この間たった一人の息子を亡くすという悲劇を経験した後、結局、この夫とも死に別れになってしまう。しかし、彼女はめげることなくなおも逞しく生きようとする」。ざっとこんなところであろうか。これがアラベラの"story"だとすれば、それを基にした完成後の小説における彼女の描かれ方との格差は明瞭で、いかに"discourse"が悪意を持って彼女を扱っているかがよくわかるはずである。極端な言い方になるが、アラベラの"story"も、扱いようによっては、つまりテスに対してそうであったように、深い同情心をもって扱うならば、貧困にめげず、度重なる不運にもくじけることなく、逞しく生きて行こうとする一人の田舎娘の物語になり得たかもしれないのである。

五

最後に残された問題は、それではなぜ語り手はこれほどまでにアラベラに厳しい態度を取ったのか、彼のアラベラへの悪意は何に発しているのかという問題であろう。実を言うと、ハーディの他の小説もそうであるが、語り手の問題は、私がここまで意図的に単純化してきたほど簡単ではない。即ち、語りの声は決して一つだけではなくて、二つ三つ、あるいは場合によってはそれ以上の複数の声が複雑に絡み合っている。そしてそれらの声がバフチンの言う「ダイアロジック」な関係、即ちお互いに独自の価値観・倫理観を保ちながらぶつかり合う関係を形成しているのである。

この小説の場合で言えば、ジュードの一生は少なくとも二つの声によって語られている。彼の学問への情熱を鼓舞し、それを妨げるさまざまな要因を徹底的に糾弾する声が一方にある。他方、ジュードの無謀な野心を危惧し、現実を直視することを説き、彼が真に生きるべき場所は決して大学などではなく、市井の人々に交じって送る毎日の生活の中にこそあると説く第二の声がある。そして、この二つの声とは、結局、ミドル・クラスと労働者階級という二つの階級をそれぞれ代弁する声であり、ことアラベラに関して言えば、彼女を過酷に扱うのは第一の声、即ちミドル・クラスを代弁する声なのだというのが私の結論なのである。

彼の大学への憧れを、現実から目を逸らし、実現不可能な夢想にふける危うい行為として、彼のナイーブさを絶えず危惧するのは、彼の仲間の声、労働者階級の声である。


「僕の言っているのは、あそこのことなんだけど」。クライストミンスターに対して切ない憧れを抱いている彼は、その言葉を口にしただけで、まるで幼い少年が恋人の名前を口にしたときのように、顔を赤らめてしまった。彼は空のかなたの明るくなっている点を指差したが、彼ら大人の目には殆ど何も見えなかった。(第一部、三章)

この声による語りにとっては、そもそも彼が「黄金のエルサレム」と大仰に称えるクライストミンスターそのものが、決して知識と真理に満ちた理想の場所などではなくて、むしろ古びた伝統を後生大事に守り続け、世間に背を向け、壁の中に閉じこもって学問という秘儀にふける場所、およそ日常の喜怒哀楽、生きることの喜びと苦しみ、そのような生の実感からかけ離れた場所なのである。

一方、ジュードの情熱に加担する声は、例えば閉鎖的な大学、無理解な世間、努力の報われない社会の仕組みなど、彼を妨害する全てを厳しく批判する。とりわけ、学問への道の最大の関門として肉の誘惑を強く憎み、アラベラをこの誘惑の権化と見立て憎悪するのである。先にも指摘したように、語り手のアラベラへの言及は、殆ど常にセクシュアリティがらみであり、彼の視線が常に彼女の肉感的部分に注がれるのもそのためであり、その結果彼女の側の生活上の切迫した事情にはいささかの理解をも示さない。

ここで何よりも問題なのは、この語り手がいつのまにかミドル・クラスのイデオロギーに取り込まれてしまっていることなのである。大学とは、ジュードが夢想したような、単に学問・知識の追求に献身する聖なる場所などではない。知識を通じて〝真理〟を占有し、当該の社会体制の維持・保護に巧みに奉仕している機関でもあるのだ。その大学を目指すということは、意識するしないに関わらず、大学が象徴している階級的利害、その利害を正当化するための様々なイデオロギーに加担し受容することを意味する。大学を目指すジュードを応援し、彼の努力を擁護する語り手は、すでにしてクライストミンスターが象徴するこのイデオロギー、つまり当時のミドル・クラスのイデオロギーを受容しているのである。語り手のアラベラへの厳しい態度はこのイデオロギーに発している。それが最も顕著に現れているのは、語り手が当時のミドル・クラスのイデオロギーの中でもとりわけ特徴的なセクシュアリティに対する過剰なまでの禁忌の意識を共有していることである。ミドル・クラスにとって、抑えがたく不気味な性の衝動は、自分たちの階級への重大な脅威とみなされ、厳格に管理されねばならないものとされたのである。しかも男性優位のこのイデオロギーは、性の管理の対象を専ら女性に向けた。「上品で、清らかで、控えめで、か弱い処女」が崇められる一方で、生命力旺盛で、逞しく、性についても積極的な女性は、「下品で、粗野で、動物的な汚らわしい存在として」徹底的に退けられた。性的衝動を介して階級間の垣根が崩されることを危惧したためであり、また、女性を劣位に置き続けたいためである。アラベラに対して絶えず、「下品」だとか、「粗野」だとか「動物的」などという否定的な言辞を用い、アラベラのセクシュアリティを嫌悪し、あたかも不潔なものを見るような目で眺めている語り手は、まさにこのイデオロギーの体現者なのである。このことがこの小説に奇妙なねじれ現象を引き起こすことになる。そのことを説明するために、もう一つ引用を使わせてもらおう。

ジュードは生まれつきまじめで善良な青年である。彼は人並み以上の努力を払って、彼にとっての人生最高の目標に到達しようと懸命となる。その彼が完全に動物的で悪辣な女、悪辣ではすまないような女の罠にはまる。彼女は、言わば人間の皮をかぶった豚のような女、あのおぞましい場面で彼女と彼女の夫が殺した動物そのものである。まったく恥を知らないどころか、そもそも恥の何たるやも知らない。官能の誘いに誘われ、その充足への衝動に我を忘れたとかというのではなく、豚よりわけが悪いことには、彼女はあの胸の悪くなるようなたらしこみを、まったく計算づくでやってのけたのである。(Oliphant, 382)

語り手のそれよりさらにトーンが強くなっているだけで、アラベラを見る目はまったく同じである。実はこの引用はマーガレット・オリファントの有名な『ジュード』の書評(一八九六)からのもので、この中で彼女はハーディのこの作品全体を徹底的に攻撃したのである。汚らわしく、不道徳で、下品な作品、読者の下劣な興味に媚を売るもの、そして何よりも社会を支える重要な柱である家族制度、結婚制度への重大な挑戦として弾劾したのである。セクシュアリティへの嫌悪、労働者階級に対する無理解、そして何よりも現在の社会の安定と維持への奉仕などの点において、彼女こそはヴィクトリア朝ミドル・クラスのイデオロギーの代表的擁護者だったのである。私が先ほどねじれといったのはこのことである。即ち、この作品は元々オリファントが代弁しているイデオロギー、このような膠着化した社会体制への批判、とりわけ成熟した男女間の最も重大な問題としてのセクシュアリティへのタブー意識に、果敢に取り組んだはずだった。ところが、語り手はジュードに加担するあまり、アラベラに対しては、まさに彼が挑戦しているはずの価値観、彼が重大な異議申し立てをしているはずのミドル・クラスの男女観をそっくりそのまま踏襲し、彼女をこの基準に照らして、つまりミドル・クラスの女性に当時求められた徳目に照らして、アラベラを非難しているのである。その結果、彼の非難は、当時の女性観の代表的擁護者であるオリファントとまったく同じ言葉、「汚らわしい」だとか「下品」だとか、「動物的」などの言葉を知らぬ間に使うことになってしまったのである。

結び

この小説の語りの声は決して客観的・中立的ではない。また、それは一つだけでなく複数の声が入り混じっている。それを二つに絞り込むとすれば、一つはジュードの学問への情熱を励まし、それを阻害するすべての要因に激しく抗議する声である。もう一つは、彼の大学への行きすぎた憧れを危ぶみ、市井の暮らしの中にも生きる喜びがあることを示唆する声である。アラベラをひたすら非難し、徹底的に悪女として我々に語り聞かすのは第一の声、即ちジュードの大学への憧れに加担する語り手である。問題なのは、この語り手の非難が、単にジュードの志を阻害する性的誘惑という枠を越えて、彼女の全人格、彼女の生き方そのものを否定していることにある。しかもその際の規範は、語り手がそもそも抗議していたはずのミドル・クラスの規範、特にその女性観を踏まえていることである。なぜそうなってしまったか。それは、語り手がジュードの大学への憧れを是認した瞬間、大学そのものが象徴するイデオロギーを受容せざるを得なかったからである。この語り手の自己矛盾を指摘した上で、終始アラベラを労働者階級の目線で見守ったD・H・ロレンスのアラベラ評をもって彼女への弁明としたい。

ジュードはアラベラの腕の中で、ひとり立ちした大人の男になった。彼の中の女性への欲求が、彼女との出会いによって満たされたことを、彼は知っていた。（中略）少なくとも、彼女の偉大な女性的生命力を認めようではないか。私には、モラリストが、彼女への攻撃を正当化するために、彼女の下品さを誇張しすぎているように思われる。（Lawrence, 203-4）

引用文献

Chatman, Seymour, *Story and Discourse: Narrative Structure in Fiction and Film*. Ithaca and London: Cornell University Press, 1978.

Hawkins, Desmond, *Hardy: Novelist and Poet*. London: David and Charles, 1976.

Lawrence, D.H. *Study of Thomas Hardy*, *Selected Literary Criticism*. London: Heinemann, 1956.

Oliphant, Margaret, "The Anti-Marriage League," *Blackwood's Magazine* (1896). The Norton Critical edition of *Jude the Obscure*, New York and London: W.W. Norton and Company, 1978.

第七章　リトル・ファーザー・タイムのための弁明

──『日陰者ジュード』(二)

一

私は前章で「アラベラのための弁明」と題して、この不当に貶められてきた観のある人物の弁護を試みた。要約すれば、彼女を〝動物的〟だとか、〝肉欲の権化〟だなどと糾弾するのは、もっぱら語り手であって、テキストそのものは、彼女が持つたくましい生命力、貧困や差別に屈しない生活力を読者に感じ取らせるだけの余地を残していると主張したのである。本章は、その後、ある論文集に寄稿を求められた際に書いた、リトル・ファーザー・タイム擁護のための文章に基づいているが、執筆にあたって最初から難航しそうな予感はあった。というのも、アラベラには少数派ではあってもこれまでにも弁護する人たちはいたからで、古くはD・H・ロレンス、最近ではテリー・イーグルトンなどは階級社会の硬直したモラル、特にセクシュアリティに関する狭量な倫理観のために、彼女が不当に扱われていることをすでに指摘している。ところが、ファーザー・タイムについてはそうはいかない。この少年の登場人物としての造型について、積極的に評価する声はほとんど聞かれない。曰く血の通った人間としての存在感がなく平板で無機的、曰くプロットの要請に応えるための単なる便宜的道具、曰く観察ではなく観念に基づいて作られたアレゴリー的人物などなど、ほとんど取りつく島もない状態なのである。

このような状況下で多少とも弁護を試みようとすれば、どうしても逆説的にならざるを得ない。それらの指摘をすべて認めた上で、それを逆に弁明に利用する方法である。言い換えれば、存在感の希薄さ、プロット上で果たす役割、アレゴリカルな造型、それらこそがファーザー・タイムのキャラクターとしての〝機能〟であることを弁明の論拠にする方法である。[1] ファーザー・タイムをアレゴリカルな造型と見る見方は決して新しいものではない。しかし、それらはいずれも一方的に否定的立場に立つものであって、彼がなぜアレゴリカルにならざるを得なかったか、彼がアレゴリカルな造型であることと、この作品、さらにはハーディ文学全体とがどのように関わっているかというような、より踏み込んだ議論はこれまでなされてこなかったように思う。本論がその欠落を少しでも補うものとなれば幸いである。

二

議論に入る前に、改めてファーザー・タイムの人物像を検証し直しておきたい。彼についての記述の中で、私の議論に関わってくるものとして、以下の二つの事実に注目したい。

少年は歩き出した。その機械的で規則正しい、這うような歩き方には、どこか人間のものでない、波か、風か、そうでなければ雲の動きを思わせるものがあった。彼はひたすら指示された方向に向かい、それ以外のものには目もくれなかった。この少年の人生についての考え方が、土地の普通の少年のそれと違うことは明白だった。普通、子供は部分から始めて全体を学んでゆく。身近なものから始めて次第に普遍を理解するようになるものである。だが、この少年の場合は、すでに人生の普遍を悟ってしまって、個別的なものにはなんら関心がないようであった。彼の目には、家や、柳の木や、薄闇に包まれた遠くの畑は、それがレンガでできていることとか、枝が刈り込まれているとか、川の傍の草地であるとかの詳細は無視され、ただ単に抽象概念として、人家、植物、広くて暗い世界としか映じてはいなかった。（第五部、三章）

「名前はなんというの？　聞いたかしら？」

「みんなはいつも僕のことをリトル・ファーザー・タイムと呼びます。あだ名なんです。老けて見えるからだそうです」（中略）

「でも洗礼名はつけてもらったでしょう」

「いいえ」

「それはまたどうして」

「もし僕が死んで地獄に行くことになったら、葬式をしなくてすむからです」

「じゃ、ジュード・ジュニアじゃないのか」父親は幾分がっかりした。

少年はかぶりを振った。「そんな名前、聞いたこともありません」（第五部、四章）

最初の引用では、少年の認識方法が、具体・個別ではなくて、いきなり全体・抽象に向かうことが指摘されており、二番目の引用では、彼には名前がないことが述べられている。この二つの事実をつなぎ合わせることによって、以下のような一応の仮説を立ててみたい。ファーザー・タイムは最初から〝アレゴリー〟的造型として作られてあるということ、「アレゴリーに堕している」のでもなければ、意味なく「平板で無機的」なのでもない。彼を何らかの超越的意味を持ったアレゴリカルな存在とするためには、平板で無機的であることが必要だったのではないか。アレゴリーをすべて排し、平板で無機的であることをもってキャラクターの重大な欠陥とする見方は、小説とリアリズムとの関係にとらわれすぎている結果であって、ある意味でリアリズム的人間観を超越しようとするハーディの試みを読み落とすことにもなりかねないのではないかと。

議論を急ぎすぎたかもしれない。すこしずつ確認の上進めることにしよう。まず、ファーザー・タイムに名前がないことから始めよう。イアン・ワットはその著『小説の勃興』の中で、小説という独自のジャンルが歴史的にどのような経緯を経て生まれてきたか、また他の文芸ジャンルと特徴をどのように異にしているかを考察しているが、その中で彼が特に力点を置いたのが、小説の勃興のためには個人主義とリアリズムの両方が確立することが必要だったということであった。それ以前のジャンル、ロマンスやアレゴリーが人間を原型ないしは類型、タイプとして扱ったのに対して、小説は個人一人一人の存在に意義を認め、その個人の独自性を丹念に描くことで読者の興味を十分引くことができることを発見したのだと述べている。そのためには登場人物の固有名詞も重要で、固有名詞とは「それぞれの個人の特定のアイデンティティを言葉で表したもの」であり、したがって、タイプではなく個人を主人公とする小説中の人物は姓も名も兼ね備えた人物でなくてはならなかったと言う。それに対して、アレゴリーなど個人ではなくタイプを扱うジャンルにおいては「日常世界の人たちとは違って姓と名の両方を備えていることはない」と述べている。ファーザー・タイムには洗礼名もなく、ジュードという名前にいたっては、聞いたことすらないという事実に私が注目したのはこの文脈においてである。(Watt, 18-9)

彼をアレゴリカルな造型とみなす論拠がこれで十分だとはもちろん思っていない。もうひとつの引用、彼の認識の方法が具体的・個別的なものを飛び越えて、いきなり抽象に向かうという事実と併せて、彼のアレゴリー性を補強したいと思う。

ワットが小説にとって個人主義のほかにリアリズムが必要であると言ったことはすでに述べた。ここで言うリアリズムとは、イデア的・形而上学的リアリティではなく、日常的・経験論的リアリティを希求する態度のことである。アレゴリーは前者を標榜し、小説は後者を標榜する。以下の引用で、バニヤンがアレゴリーの、デフォーが小説の代表者に擬されていることは言うまでもない。

バニヤンとデフォーには大きな違いがある。通常バニヤンではなくデフォーが最初の小説家とみなされているのはこの違いによる。確かに、デフォー以前のピューリタン運動が生み出したフィクションにも、小説の多くの要素を認めることはできる。簡潔な言語、人物や場所についてのリアルな描写、さらにはごく普通の個人の心の問題へのまじめな取り組みなど。しかしここでは、登場人物および彼らの行動の意味を決定するのは、諸物の超越的図式(transcendental scheme)なのである。人物がアレゴリカルだということは、彼らの世俗的リアリティが作者の主たる目的ではなく、彼らを通して時空を超えた、より大いなる、目には見えないリアリティを我々に見せるのが狙いであるということと同じなのである。(Watt, 83)

アレゴリーが標榜する超越的図式の下では、すべては普遍・全体の枠組みの中で眺められ、個別的細部は一切閑却される。物事はすべて永遠相へと昇華され、抽象化される。人間について言えば、一人一人の相違・個性は溶解し、ただ〝人間〟という類型だけが残されるのである。「すでに人生の普遍を悟ってしまって、個別的なものにはなんら関心がない」というファーザー・タイムは、その認識態度がアレゴリー的であるだけでなく、平板で無機的、抽象と観念の産物のような造型上の特徴は、名前を持たないこととあいまって、彼の存在そのものがアレゴリー的であることを示唆している。そして、ハーディがあえてそのような人物をこの小説の中に持ち込んだということは、何らかの「超越的図式」に囲われた「目には見えないリアリティを我々に見せ」るためであったから、言い換えると、この小説を真の〝悲劇〟にしたかったからだというのが私の考えなのである。

三

周知のようにハーディが初めて書いた小説は『貧乏人と貴婦人』である。不幸なことにこの小説は結局出版されるまでにはいたらなかった。題名からも察せられるように、処女作としては危険なまでに社会批判、特に階級社会のひずみへの風刺・抗議の色合いが濃すぎたからだと言われている。そして、彼の最後の小説が『ジュード』である。ということは、彼は最初から最後まで、社会の仕組み、制度の矛盾、権威の専横などに対する鋭い批判精神を持ち続けた作家だったということである。『ジュード』に限って言えば、排他的な教育制度、因習化した婚姻制度、ドグマにとらわれた教会制度など、当時の社会が抱え込んでいた様々な矛盾・欠陥を過剰なまでに盛り込んだのである。この小説の原点が当時の社会、特に排他的な教育制度への批判にあったことは『トマス・ハーディ伝』にも明らかで、一八八八年、この作品が完成する六、七年前にすでに次のような構想が書きとめられている。

四月二十八日。オックスフォードに行けなかった若者についての短編。彼の悪戦苦闘の末の挫折。自殺。(Hardy, F., 18-9)

教育制度、特に学校に対する批判は最初の構想どおり徹底的にこの小説の中に盛り込まれた。ジュードがクライストミンスターによって拒絶されたことはもちろん、スーは師範学校から放逐され、フィロットソンもまたスーを自由にしてやったことを理由に教育委員会の手で教職を追われている。アラベラを除いて、この物語の悲劇に関わる三人の登場人物すべてが教育制度の被害者とされ、学校が鋭く批判されている。

社会批判という点では、結婚制度への批判も鮮明である。この小説は教育問題から始まりながらいつの間にか結婚問題の方に関心が移っていったと指摘する人もいる。本来愛し合うもの同士の自由な結びつきであっていいはずのものが、法的認可の対象となり、それを拒否したものは社会的制裁を受ける。ここでは婚姻はもっぱら個人の自由を侵害する公的制約とみなされ、これもまた学校がそうであったように、三人の悲劇に深く関わっている。

四

ここまで書いておきながら、実はこれからそれとはまったく違うことを私は言おうとしている。つまり、『ジュード』という作品は当時の社会が抱えていた様々な矛盾や欠陥を余すことなく告発した小説ではあるけれど、それにとどまってはいない。特定の時代を超えて、人間存在に常について回る普遍的・永続的な問題が背景としてある。それがあるからこそ、それら時代的諸問題（この場合で言えば教育制度や結婚制度）がある程度の改善を見た現代でもこの小説が読み継がれていると言いたいのである。そのような普遍的問題の一つとして、ハーディ自身『森林地の人々』の序言の中で述べているあの問題、「男と女がいて、この性をはさんだ関係の基盤をどうやって見出すかという問題」がある。先ほど私は、この小説の社会批判のひとつとして、結婚制度の問題に言及した。男女の真の結びつきを阻害するものとしての社会的制約の問題である。ところが、物語が進むにつれて、ことはそう単純ではなくなってくる。つまり、離婚に対する世間の理解とか、当事者間の自由な合意による〝事実婚〟の容認などといった社会的解決策で片づく問題ではないとの印象が次第に強くなってくるのである。元々ひとつだったものが二つに分かれたとまで言われたジュードとスーにして、なお厳然と横たわる深い溝、性をはさんだ永遠の難問、それは単純に社会制度に手を加えればすむような問題では決してない。ファーザー・タイムによるあの凄惨な事件の後、二人の対応はまったく違ったものになる。問題は、二人のうちどちらのほうが正しいかということでは片づかないことである。どちらにも言い分があり、どちらも自分の信念に基づいて行動している。スーのそれは、一見行過ぎたマゾヒスティックな行動のように見えるが、いくつもの相矛盾する不安定要因を自己内部に抱え、常に人格的崩壊の危機におびえていた彼女にとって、子供たちの衝撃的な死は、皮肉にも絶対的自己否定というネガティブな形の心理的安定を与えてくれるものだったのである。要するに、男女の間には社会制度の改善によってはもちろん、ジュードとスーのそれのように深い愛情でもってしても乗り越えられない深淵があり、それは永遠の難問として容易には答えの出ない問題なのである。こうなると、男女間の懸隔はひとつのメタファー、この世界全体を覆うより大きな不条理の一部なのではないかと思いたくなってくるのである。

この小説が様々な社会の矛盾に対する告発を含みながらも、最終的には真正な〝悲劇〟であることを次の一文が教えてくれる。

五

いかなる理性的配慮によっても防ぐことのできない、人間の理解を超えた要因によって破滅させられるのが、悲劇の主人公なのである。繰り返すが、これが大事なのである。破滅の原因が一時的なものであったり、葛藤が技術的・社会的手段で解決可能な場合、それは深刻なドラマではあっても、悲劇とは言えないのである。たとえ離婚に関する法律がもう少しゆるやかであったとしても、アガメムノンの運命に変わりはなかったであろうし、社会心理学はエディプスに何の解決策も与えられないのである。ところが、イプセンの劇においては、深刻な危機的状況のいくつかは、経済状況や衛生状態の改善である程度の解決を見る種類のものである。この違いをしっかり心に銘記しておかねばならない。悲劇には修復の方法がないのである。過去の不幸に対して正当な償いや物質的賠償が与えられたりすることはない。ヨブは最後には旧に倍する数の雌ロバを手に入れた。当然のことである。なぜなら、神は彼を使って正義の寓話を演じて見せたのだから。それに対して、エディプスの場合、失われた両眼もテーベの支配権も二度と戻っては来ないのである。(Steiner, 8)

私がこの小説を単なる問題小説の枠を超えて、真正の悲劇とみなすのは、まさにアガメムノンの場合と同じように、たとえ離婚法が改善され、結婚制度がゆるやかなものになったとしても、ジュードとスーの悲劇が回避されたとは思えないからである。現にハーディ自身「あとがき」の中で、「婚姻法は大部分、物語の悲劇のための道具立てとして用いられている」と述べ、さらに付け加えて、この物語の真の狙いはアリストテレス的普遍性を持った悲劇にあることを明言している。

記憶が正しければ、当時の私の考え方は今と同じであった、結婚が当事者のいずれかにとって耐えられないものになった場合、それはもう実質的にも道徳的にも結婚とは言えないのだから、解消されるべきものであると。それはまた悲劇の格好の素材で、結婚の生態についての具体的事実を提示しながらも、その中に普遍的なものを含ませ、あわよくばカタルシス的、アリストテレス的要素を盛り込めるのではないかと思われたのである。(Hardy, Postscript to *Jude*)

六

同じ悲劇でありながら、この小説が『ダーバヴィル家のテス』や『カスターブリッジの町長』と決定的に違う点がある。確かに『テス』においても『町長』においても主人公はいずれも悲惨な最期を迎えている。しかし、悲惨は悲惨であっても彼らの〝敗北〟にはどこか精神的達成感、モラル・ビクトリーが感じられるのである。官憲が迫っていることを予感しながらも、ストーンヘンジの石の上で束の間眠り込んだテスの眠りには、それまでにない充足感が感じられるし、すべてを失った挙句ひとり孤独のうちに死んでいったヘンチャードの遺書の一条「われを記憶するべからず」には、最初から敵わぬ相手と戦い、敗れ続けながらも最後まで屈することのなかった男の矜持が感じられる。

それに対して、ジュードの場合モラル・ビクトリーらしきものが一切感じられない。絶望の中で「われが生まれし日よ、滅びよ」と呪いつつ死んでいった男の一生にいかなる形のビクトリーを見出すことも不可能である。むしろ、どんなに社会の矛盾が暴かれ、硬直的な制度が改善されたとしても、あらかじめ定められた悲劇的結末を回避することはできない、そんな気配がジュードには最初からついて回っている。その気配の奥にあるのは何なのであろうか。

マイケル・ミルゲイトは、この作品を書いているときのハーディには、おそらくギリシャ悲劇の『エディプス王』が念頭にあったろうと言う（Millgate, 7）。この小説の冒頭部分、少年期のジュードを扱った部分は、まさにギリシャ悲劇的運命観、回避し得ない結末への予兆に満ちている。わずかばかりの穀物を鳥に分けてやったばかりに、過酷な懲罰を加えられ、屈辱を味わった後のジュードの述懐は、結局この小説の「超越的図式」の根幹をほのめかすものとなっている。

この世のことにはなんら整合性がないことに彼は失望した。自然の理屈は彼には恐ろし過ぎて、とても受け入れる気にはなれなかった。あるものに対する慈悲心が他のものにとっては残酷な仕打ちとなるという事実は、この世の調和を信じていた彼の心を滅入らせた。（第一部、第二章）

少年ジュードが子供心に感じ取ったこの漠然とした不安感を、語り手は一言で「この世の図式（the terrestrial scheme）の欠陥」と言ってのけている。なんらの整合性もなく、予定調和など幻想に過ぎないとのモチーフは、この後さらに印象的な形で繰り返される。大学への憧れを捨てきれず、その準備のために古典語の独学を始めたジュードは、やがて失望感に打ちのめされる。言語の世界もまた〝整合性のない〟世界だったからである。

必須とされる言語には文法があり、その文法は第一に法則ないしは手引き、あるいは虎の巻のようなものから成っていて、それをいったん習得しさえすれば、随意に自分の言語をすべて他国の言語に移し変えることができるはず、そう彼は考えていた。（第一部、第四章）

そのような「子供じみた考え」は当然のことながら裏切られる。

無邪気にも子供心に信じていた変換の法則など何もなく（中略）ラテン語にしてもギリシャ語にしても、あらゆる言葉は長い年月をかけてこつこつと覚えなければならないものであることを、彼は初めて知らされたのである。（同所）

言語が、単一の法則に則った調和あるシステムなどではなく、むしろランダムな言葉の寄せ集めに過ぎないことへのジュードの幻滅は、単に習得の困難に思わず嘆息したということにとどまらず、「この世の調和」への信頼を裏切られた時のあの漠然とした不安感を具体的に実感させられたことでもあるのだ。

シュタイナーは、悲劇の主人公を破滅に追いやるのは「いかなる理性的配慮によっても防ぐことのできない、人間の理解を超えた力」だと言う。そして、そのような力が支配する世界を「悲劇的不条理」（tragic unreason）の世界と定義し、『エディプス王』をその典型例として挙げている。先ほど述べたジュードに最初からついて回る不吉な気配とは、まさにこの「悲劇的不条理」ではなかったか。ジュードの哀れな顛末は、一面ではイプセン的な要素、社会改革や経済的改善などで幾分は回避される面があったかもしれないが、それ以上に、彼が最初から「悲劇的不条理」の世界に捉えられているとの印象の方がはるかに強い。その印象のもとになっているのは、冒頭の数章で繰り返される、彼の将来についての暗い予言である。「フォーリーの一族は結婚には向かない家系だ」という大叔母の言葉は、その後のジュードとスーの困難な関係をそのまま予兆するものになっているし、烏に餌を与えたばかりに屈辱を味あわされた畑と、村人が教えてくれたクライストミンスターが同じ方角にあるという「何かしら不愉快な偶然」は、その後のクライストミンスターでの彼の屈辱を予兆するものである。とりわけ決定的なのは以下のくだりである。

この性格のもろさとでも言うべきものからして、彼という人間は、その無意味な人生に幕が下ろされて、すべて元通りという日の来るまで、いやというほど苦しみを味わうべく生まれついていることが見て取れた。(第一部、第二章)

つまり彼の場合は、社会的不正義に責めさいなまれる遥か以前から、悲劇的不条理の世界に生まれついてしまっているのである。

七

誤解を避けるためにここでぜひとも言っておかねばならないのは、私はこの小説全体が、形而上学的図式に肉づけをして、それぞれの人物が特定の観念を具現している、つまり小説全体がアレゴリーを意図して書かれていると言っているのではないことである。むしろ事情は正反対で、この小説ほどリアリズムに徹した作品はハーディの全作品の中にも見当たらない。作者の現実を見る目は冷徹で、物語の描写についても、あの凄惨な豚の処理の場面を典型として、事実を写し取るためには一切の妥協や曖昧さを許さないのである。この作品が発表された直後、轟々たる批判にさらされたのは、社会批判の鋭さもさりながら、ハーディのこの厳しいリアリズム、それによって映し出された現実の過酷さに読者がたじろいだためだとも言える。

しかし大事なことは、このリアリズムの世界を取り囲むように、「超越的図式」があることも事実で、それがハーディ文学の特徴であり、それを無視して、ジュードやスーの悲劇をもっぱら社会的要因に帰してしまうことは一面的であるように私には思われる。以下は作者自身がこの小説に付した序文の一部である。

［この小説の狙いは］人間にとって最も強力な欲望が結果として引き起こす焦慮と煩悶、翻弄と破滅を大胆率直に扱うこと、肉と霊との間に繰り広げられる命がけの戦いを臆することなく語ること、そして実現されることのなかった目的（unfulfilled aims）の悲劇を世に示すことにある。（第一版序文）

ここで言う「実現されることのなかった目的」とは、勿論第一義的にはジュードのクライストミンスターへの切実な思いがついに満たされなかったことである。もう少し広げて、ジュードとスーの、お互い強い愛情で結ばれていながら、結局は別れなければならなかった悲劇を指すものと解することも可能である。しかし「実現されなかった目的」がそれですべてだとは私には思えない。ハーディがこの部分でわざわざ〝悲劇〟という言葉を使った裏にはそれなりの思い入れがあってのことで、単にイプセン流の〝深刻なドラマ〟ではなく、真正の悲劇を目指したことの表れではないかと私には思われる。『森林地の人々』の中に次のような一節がある。

これよりもっと老齢の樹には、大きな苔が幾つもくっついていて人間の肺のようだった。他所《ほか》と同じくここでも、生きることをかくも惨めなものにしてしまった〝実現されなかった意図〟（the Unfulfilled Intention）の明白なことは、都市のスラムの退廃した群衆の間におけるのと同じであった。葉は変形し、曲線はいびつになり、まとまるべき形も寸断されていた。苔が茎の生命を侵食し、蔦はゆっくりと前途ある若芽を窒息させていった。（第七章）

「目的」（aims）と「意図」（Intention）の違いはあるものの、表現としてはほとんど同じである。重要なのは、「実現されなかった意図」の方が大文字になっていることである。ここで言う「意図」は、単なる人間の個人的意図などではなく、宇宙全体を支配する超越者たる「意思」が本来抱いていたはずの意図なのである。

ハーディ文学の世界を最も単純な構図に還元してしまうと、人間の喜怒哀楽の世界と、それをはるか彼方から見下ろしている超越者たちの世界という形で表すことができる。その超越者たちをハーディは時に「第一原理」と呼び、時に「意思」とも呼ぶ。また「自然の掟の暴虐」などと言うときの「自然」もこれと同じような概念である。名前は違っても、この超越者たちの最大の特徴は人間の幸不幸にまったく無関心であるということ、また、彼らが地上の世界の設計図をはるか昔に構想したとき、それにはすでに欠陥が含まれていたということ、さらには人間の意識の方が、その設計図が当初予想していた段階よりはるかに前進してしまい、そのために人間は「自然」の〝鈍感さ〟に苦しんでいるということなどである。

作品によって程度の差はあるが、ハーディのほぼ全作品においてこの構図が見え隠れし、この構図に沿って、物語に重要な転換点を持ち込む登場人物が現れる。例えば『帰郷』においては、炎天を押して訪ねてきたクリムの母親が、不幸な偶然のせいで追い返されてしまい、クリムを中心とした人間関係の摩擦がついに発火点にまで達するが、この紛糾を一挙に悲劇へともたらしたのは、一部始終を一人の〝鈍感な〟子供ジョニーが目撃していたことにあった。『テス』でその役割を担うのはアレックで、彼は十分人格的奥行きを持った登場人物ではあるけれど、局面によっていわばメフィスト的人物として、テスを悲劇に追い込む〝機能〟を担わされている。あっけなく説教師に変身したと思ったらさらにあっけなく元に戻るなど、すでに十分描きこまれた彼の性格的特徴に、言わずもがなの付け足しは、性格描写というより、テスを悲劇へと導くための契機として機能しているのである。『町長』の場合は船乗りニューソンがそれに当たる。あの物語において、彼の出現、退場、再度の出現がすべてヘンチャードの悲劇を加速させる原因となっている一方、人格的奥行きはほとんど感じられず、むしろ登場する場面が彼に比べて少ないにもかかわらずエイブル・ウィットルの方がよほど人間味を感じさせる。

結び

ずいぶん遠回りをしてきたが、ようやくファーザー・タイムに戻るときがやってきたようだ。すでに明らかだと思うが、私の彼への弁明は、彼がジョニーやアレック、さらにはニューソンの系譜につながる造型であるということに尽きる。イーアン・グレッガーも指摘するとおり、実はジュードとスーは、ファーザー・タイムが登場するまでに、様々な離合集散を繰り返しながらも、世間から身を避けて二人だけでひっそりと暮らすことによって一応の平穏を得ていたのである（Gregor, 219）。つまり、この時点で社会的問題はそれなりの解決を見ていたのである。しかし、たとえ社会的問題は回避されたとしても、ジュードを「この世の図式の欠陥」「悲劇的不条理」の犠牲者に仕立て、この物語をシュタイナーの言う真正の悲劇とするためには、不条理を現実のものとするエージェントが必要で、それがファーザー・タイムだったのである。彼の存在そのもの、彼の手になる子供たちの集団自殺は、リアリズムの枠をはるかに超えたまさに不条理の極致といえるものであり、そのような不条理を持ち込むには、リアリズム的な現実感を持った人間では不可能で、どうしてもアレゴリカルな造型にならざるを得なかったのではないか。テリー・イーグルトンが彼を「神のようだ」と言うのもそれと同じことを意味していると私には思われる。

その超越的で歴史を超えた存在ゆえに、最初から無力さと幻滅を運命づけられているという点で、ファーザー・タイムはハーディの詩に出てくる神に似ている。(Eagleton, 20)

注

(1) ナラトロジーでは、従来「キャラクター」と呼ばれていた存在を再検討し、場合によってはプロットの展開を促進する「機能」に過ぎないのではないかとの見解を提示した。例えば、あるテキスト中の人物が、何者であるかよりも、何をしたかに重点がある場合、それを機能とみなすのである。Seymour Chatman, *Story and Discourse: Narrative Structure in Fiction and Film*, Ithaca and London: Cornell University Press, 1978, p.111 参照。

引用文献

Eagleton, Terry, Introduction, *Jude the Obscure*. The New Wessex Edition, London: Macmillan, 1974.

Gregor, Ian, *The Great Web*. London: Faber and Faber, 1974.

Hardy, Florence E., *The Life of Thomas Hardy*. London: David & Charles, 1976.

Millgate, Michael, 'The Tragedy of Unfulfilled Aims,' *Modern Critical Interpretations: Thomas Hardy's Jude the Obscure*. Ed. Harold Bloom, New York: Chelsea house Publishers, 1987.

Steiner, George, *The Death of Tragedy*. London: Faber and Faber, 1961.

Watt, Ian, *The Rise of the Novel: Studies in Defoe, Richardson and Fielding*. London: Chatto and Windus, 1957, London: Penguin Books, 1966.

第八章　過剰な視線
――『窮余の策』

一

『窮余の策』はあらゆる意味で「眼」にまつわる物語である。登場人物たちは覗き見し、目撃し、見つめあい、見入られ、見返す。それは、この作品がミステリー小説だからである。ミステリー小説にとって「眼」は常に重要な要素である。というのも、「謎」として不可視だったものが「必然」として可視の場に引き出される経過を描くもの、それがミステリー小説だからである。シャーロック・ホームズが往々にして大きな天眼鏡を手にして描かれることが、このジャンルでの「眼」の重要性を象徴している。(1)また、犯罪が立証されるには、決定的瞬間が目撃される必要があり、この作品でも、覗き見・目撃が繰り返されるのもそのためである。

その極めて誇張された例が、この小説の大団円に近いところに出てくる。危険が身に迫っていることを察知したマンストンは、ユーニスの死体を絶対に人に見つからないところに移し変えようとする。暗夜に壁の裏側から彼女の死体を取り出して、袋に詰め、土中に隠そうというのである。ところが、彼の不審な態度に疑いを抱き、ひそかに彼を監視していた者がいた。死んだユーニスがまだ生きていると見せかけるためマンストンが代役として連れてきたアン・シーウェイである。ところが、彼女は自分より先にマンストンを監視するために現場に隠れていた男を発見。かくして、死体を隠そうとするマンストン、その彼を監視する謎の男、その二人をさらに後ろから監視するアンという構図が成立する。さらにその先がある。

とその時、彼女がその足に触れた監視人自体が監視され、跡をつけられているのに彼女は気づいた。跡をつけているのは彼女と同じ女だった。アン・シーウェイは再び後に下がった。正体不明の女は庭の向こう側からやってきて、しばらく考えこんでいた。背が高く、黒々として、外套で全身を包んだその姿は、大地に立つ杉の木のようだった。やがて動き出した彼女は、まったく何の物音も立てずに庭を横切り、二人が向かった方へ向かった。

アンはさらに一分待った。それから、彼女もまた忍び足で女の後を追った。（第一九章、六）

つまり、最終的にはマンストンを監視する謎の男（後に捜査員であることが判明）、その男を監視する「正体不明の女」（後にミス・オールドクリフであることが判明）、さらにその後ろにアンという構図になるのである。ハーディはこの誇張を自ら揶揄するかのように、「夜そのものが監視人になったかのようだった」とまで書いている。とにかく、都合六つの眼による目撃というこの場面は、この作品における過剰なまでの「眼」の遍在を象徴するものとなっている。

二

この小説がミステリーだというのは、半分だけの事実である。あと半分は、これ以後のハーディの小説がすべてそうであるように、男女の濃厚な恋愛ドラマでもある。したがって「眼」は別の機能を果たすことになる。眼を通してのセクシュアリティの領域への参入である。性的表現が極端に制限されていた当時の出版環境の中で、ハーディは表面的には穏健を装いながら、巧みに、後の彼の言葉に言う「男と女の性をはさんだ関係」（『森林地の人々』序文）に踏み込もうとしている。この小説の場合、例のミス・オールドクリフとシセリアとのレズビアンまがいのシーンばかりが取りざたされるが、セクシュアリティの深淵をほのめかす箇所はそれ以外にもふんだんにあり、あのシーンほどあからさまでないだけである。そして、そのような箇所での男女の駆け引き、口説、抵抗、反撃、最後の征服ないしは屈服、それらすべてが眼と眼の間で繰り広げられるのである。

ある日シセリアは兄のオウエンと遊覧船で遊ぶ。ところが船が帰路につく頃になっても兄が戻らず、代わりに兄と一緒の事務所で働くエドワード・スプリングローブが乗船してくる。二人の初めての出会いである。「彼の眼が一瞬彼女の眼をひたと捉えた。彼女の眼もその瞬間彼の眼を見つめていた」（二章）。そして、このわずか数行後、二人は「一本の絆が私たちを結びつけようとし始めた」ことを確信するのである。前述のミステリー小説の眼とは違って、ここでの眼は、交わし合い、絡ませ合い、結び合う、いわば「触手」なのである。したがって、それは時に後のマンストンの場合のように、魔力を発し、相手を呪縛するものともなる。見詰め合うふたりの眼の絡み合い、もつれ合いが比喩として男女の性的接触を暗示するものであることは次の箇所に明らかである。前述の出会いの後、急速に親しくなったエドワードとシセリアは二人だけでボート遊びに出かける。

かくして二人は優美な黄色のボートの中で向き合って座り、彼の眼はたびたび彼女の眼の奥を捉えた。ボートはとても小さく、オールを返すたびに彼の両手が前へと伸ばされ、今にも彼女に触れそうになったので、想像力のたくましい彼女は、彼の両手が自分を抱きかかえるのではと考えて緊張した。緊張感は次第に募り、この瀬戸際に彼と眼を合わすことが危険と考えた彼女は、それを回避するために、横を向いて遠くの水平線を眺めた。だが、いつまでも横を向いていることにも飽きてきて、再びもとの姿勢に戻った。それに合わせるように、また彼は前のめりになり、熱のこもった視線を彼女の眼にひたと据えた。思わず若い娘特有の羞恥心に捕らえられた彼女は、衝動的に操舵ロープを思い切り引っ張った。そのため、舳先がぐるりと方向を転じ、海岸に向かい合うことになった。

彼女が横を向いていた間中、彼女に注がれていた彼の眼がようやく彼女から離れたので、自分たちがどこに向かっているかに気づいた。

「完全にボートを回転させてしまいましたね、ミス・グレイ」彼は肩越しに後ろを見ながら言った。「あの航跡を見て御覧なさい。ずーっとジグザグが続いていて、その後に半円になってるでしょう」

彼女は眼を凝らした。「責任はどっち？　わたし、それとも、あなた。多分わたしね」

「どうもそのようですね」（第三章、二　強調筆者。以後同じ）

おびただしい「眼」や「視線」への言及、それは現代の作品であれば遠慮なく、唇や手や足などの接触を通して描かれるであろう場面が、徹底的に眼だけ、視線の動きだけに限定して書かれているためである。そして、それら眼や視線の交差はすべてセクシュアリティを指向する。狭い空間での近接、波のうねり、オールをこぐ規則的動き、この部分では比較的穏健に暗示されるにとどまったものが、この後すぐにあからさまになる。

［エドワードは］「帰りは、何もしないでパラソルだけ持ってればいいように、舵柄を外しましょう」と言って、立ち上がりその作業に取り掛かった。その際、両手を船尾に伸ばした時にボートが引っくり返らないようにするために、必然的に彼女の身近に体を傾けなくてはならなかった。彼女の顔を撫で回す彼の熱い吐息が愛撫のように感じられたが、彼の方はもっぱら作業に気を取られている様子であった。彼が座りなおした時、彼女は何か罪を犯したような（guilty）表情を浮かべたが、それが何を意味するのか、彼には読み取ることができた。彼女は彼との接触に甘美なものを味わったのだ。（三章、二）

これが単なるボート遊びの場面でないことは、「彼女は何か罪を犯したような（guilty）表情を浮かべた」という一句が如実に表している。このようなコンテキストでの"guilty"は、セクシュアリティの意識に深く関わっていると読むべきであろう。この場面が現代の小説であるなら当然ストレートに描写される行為の擬似的代替物であることは、この小説の最後の場面で立証される。すべての謎が明らかになり、すべての紛糾が円満に解決した後、二人は屋敷の湖にボートを浮かべ、再びボート遊びに興ずるのである。これは、ハッピー・エンドにふさわしく様々な試練を潜り抜けてついに結ばれた男女の「結婚の完遂」の比喩的表現である。ということは当然、前掲のボートの場面にも同じような含意が込められていたということになる。

このような眼や視線に負荷された性的含意は、シセリアが踏み込む濃密な関係のすべてに見出される。ミス・オールドクリフが、いったんは採用を拒否したシセリアを思い直して呼び返し、メイドとして雇うことに決めた理由の一つは、「あんなふうな眼で私を見る娘も悪くない」ということであり、この後、例の奇妙なしかし濃厚なベッド・シーンとなる。マンストンの場合も、すでに述べたように、雷鳴の中での音楽という異様な状況と相乗して、やはり彼の眼がシセリアを不思議な力で呪縛しようとする。そして、その呪縛の先にある危険性は「彼の眼が彼女を貫いた」とか「彼の突き刺すような眼」などの表現に明らかであり、シセリアが必死に彼の視線から逃れようとするのも、その危険性の実体を知っているためである。

> それから、別れを告げ、彼をドアのそばに立たせたまま、眼を合わせないようにして、階段を下りた。「わたしとしたことが、これほど男の人に心をかき乱されるなんて」、思うことはただそれのみであり、眼に見えるのは、彼の前で金縛りに遭って座り込んでいる自分自身の姿であった。彼の眼がまだ自分を見ているのを知っている彼女は、つい歩き方がぎこちなくなった。ただ、滝のそばの窪地を過ぎ、坂を登っているうちに、生い茂る樹々の葉が彼の視線をさえぎってくれた。(第八章、四)

実は、このような視線はテキストそのものの視線でもある。スプリンググローブやマンストンの視線は、相手を絡めとろうとする前段階として、まず対象であるシセリアをエロチックな対象に仕立てる。その点では、テキストもまた同じで、これがもっとも顕著な形で現われるのは、テキストの視線が「窃視的」(voyeuristic)になる瞬間である。

シセリアがメイドとしてミス・オールドクリフの傍に仕えることになって初めての日が、たまたまキャプテン・オールドクリフの誕生祝いの晩であった。祝宴にはミス・オールドクリフは当然正装して出ることになっている。ここで、まずパーティが始まる前の、ミス・オールドクリフが一つ一つ衣服を身につけてゆく経過が入念に描写される。さらに、パーティの終わったあと、今度は正装を脱いでゆく経過がさらに入念に描かれる。

女主人の宝飾類が沈黙のうちに外されていった。あるものは彼女自身の緩慢な手で、あるものはシセリアの手で。次に外側の衣服。ドレスが脱がされると、シセリアはそれを手に持って、衣装ダンスに掛けるべく隣接する寝室へ入っていった。しかし、ミス・オールドクリフを必要以上に待たせるべきではないと思い直して、最初に目に入った手近の置き場所であるベッドにそれらを放り投げて、子猫のような忍び足で化粧室に戻り、部屋の真ん中で足を止めた。

女主人は彼女に気がつかなかった。明らかに、急に戻ってくるとは思ってなかったらしい。ミス・オールドクリフはシセリアが部屋を空けた僅かな時間に、喉の上までたくし上げたブラッセル・レースのシュミゼットを脱ぎ去った。それは、彼女が両肩を半透明の薄絹で覆うためにイブニング・ドレスと一緒に着ていたもので、それに代えてナイト・ガウンを身にまとった。（第五章、三）

この小説に限らず、そもそも婦人の化粧室に場面が設定されるとき、テキストの視線は voyeuristic にならざるを得ないが、この引用文の場合も、テキストの「視線」の対象はいずれもエロチックな想像に結びつくものばかりである。しかも、〝シュミゼット〟などという、おそらく当時の読者、特に男性の読者の耳には官能的な響きを持つ言葉（それもフランス語）がその効果を増幅しているのである。フェミニズムの映画理論によれば、voyeuristic な視線はほとんどの場合男性の視線であり、視線の対象は女性である。つまり、この視線の下では、女性は見られる側として受身にならざるを得ず、男性の欲望を実現する役割を押し付けられるという（Silverman, 222-3）。この小説で言えば、「女王然と」奔放に振舞い、誰も抑えることのできないミス・オールドクリフに対して、あたかもそのような女性の放縦を許さないかのように、彼女の最も秘められた姿態へまで闖入して、それを唯一抑え込むのがテキストの voyeuristic な視線なのである。

このような「眼」あるいは「視線」の過剰は当然の結果として眼に映じるもの、眼が反応するものの過剰につながる。すなわちこの小説に溢れかえる「光と影」、「色とりどりの色彩」がそれである。以下は、兄が戻ってこないことに不安を抱きながらシセリアが陸に眼を凝らすシーンである。

三

彼女は陸地の方に顔を向け、オウエンが帰ってくる姿が見えないものかと眼を凝らした。だが、何も見えず、見えるのはすばらしく色鮮やかで、静かな景色だった。西日《にしび》が今、こちら側の丘の尾根の大きくえぐれている部分を燃え上がらせ、ヒースの花の鮮やかな真紅にオレンジ色を溶け込ませていた。盛りの最中のその花は、今はまだ、いずれ忍び寄るはずの不吉な枯葉色のかけらすら見せてはいなかった。夕日が朱色をますます赤く染め上げるので、それらはまるで赤色の温気《うんき》のように地上から浮き上がって、中空を浮遊するかのようであった。彼女は、小さい丘と小高い山（それらは入り江の形状に変化を与えていたが、きれいな湾曲を乱すことはなかった）の間に挟まれた狭い盆地のシダの茂みに気がついた。シダは、茎が太く、丈は五、六フィートくらい、鮮やかな薄緑色の衣に身を包んでいた。大きなリボンのようなシダの群生地の真ん中を、一本の道が小さい渓谷に沿って川のように蛇行し、やがて丘のふもとのところでこの道が尽きて、その先は草地になっていた。（第二章、三）

「真紅」、「オレンジ色」、「枯葉色」、「朱色」、「薄緑色」などなど、この部分だけで五つの色彩への言及が見られる。ハーディはもともと絵画に強い関心があり、小説作法として絵画的な小説を目指していたことはつとに知られている。彼の第三作『緑樹の陰で』では、わざわざ「オランダ画風に」というコメントをつけているくらいである。また、後年小説のリアリズムについての自らの見解を述べている箇所で、自分は晩年のターナーの絵のような小説を目指したと述べているなど（Hardy, F., 185）、彼の絵画への関心、絵画的小説技法への志向を強く匂わすものである。色彩と並んで絵画で最も重要な要素は光と影であり、この点でもこの小説は行き過ぎと思えるくらい「絵画的」であろうとしている。以下は、ミス・オールドクリフの面接に臨んだシセリアが案内されたホテルの部屋の描写である。

壁も、カーテンも、絨毯も、さらには調度品のカバーまですべて濃淡さまざまなブルーで統一され、それらが、北東の空から入り込み、新しいスレートに覆われた広い屋根（小さな窓から見えるのはそれだけだった）に注いでいる冷たい光によっていっそう青みがかって見えた。しかし、スイートの隣の部屋との間のドアの隙間からは、ほんのかすかな、しかしくっきりとした対照的な色――ごく細い一筋の朱色の線が光っていて、隣の部屋には日光が強く差し込んでいることがわかった。この差し込む光だけが部屋の陰気な雰囲気を和らげていた。（第四章、一）

四

「眼」、「視線」、「色彩と陰影」、それらの延長上にあって、これまたこの小説で繰り返し言及されるものとして「反射」（reflection）がある。

午後の直射日光は、少し屈折しながら窓の真っ赤なカーテンから室内に射しこみ、壁の真っ赤なラシャ紙と、同じく真っ赤な床の絨毯からの反射でひときわきらめきを増しながら輝いていた。（第四章、二）

ミス・オールドクリフは振り向かずに、鏡に反射されたシセリアをしげしげと見詰めた。（第五章、三）

彼女はふと鏡に反射された自分の美しい顔、豊かな胸という素晴らしい「持ち物」を見て、飾り立てなくともわたしはこんなに魅力的よと思ったが、……（第六章、一）

以上は本文中に繰り返される「反射」のほんの一部に過ぎず、この後も頻繁に繰り返される。ということは、これが重要なモチーフであり、このモチーフの積み重ねがやがてこの小説の重要なテーマを形成してゆくことを示唆している。そのテーマとは、「視覚の不安定性」のテーマである。

この点で、ハーディはミステリー小説の枠からはみ出す。前述のように、ミステリー小説では眼こそ真実を明らかにする唯一の手段であった。しかし、ハーディにとって眼は、前節で述べたセクシュアリティへの契機としての眼のように、もっと複雑な器官であり、決して実体を正確に見て取る手段などではなく、常に期待、不安、欲望、誘惑などの思惑の絡んだ不安定な、客観的というよりむしろ主観的な知覚媒体なのである。

先ほどの、六つの眼による目撃の場面をもう一度考えてみよう。ハーディはなぜこれほど念の入った目撃の場面を設定したのであろうか。実は、この三人は同じ場面を目撃していながら、決して同じものを見てはいない。捜査員の場合はもっとも単純である。彼はマンストンの怪しげな行動をそのままに見ている。彼の眼はマンストンの行動の意味を明らかにすることに限られている。だが、その後ろにいるミス・オールドクリフは違う。彼女に見えているのはマンストンの怪しげな行動ではなくて、捜査員に目撃されている息子なのである。したがって、彼女の眼には子供への心配と不安、母親としての気遣いが混じりこんでいる。さらに、マンストン、捜査員、ミス・オールドクリフの三人のすべてを目撃しているアンには、二人とはまた違った「絵柄」が見えているはずで、彼女の眼は何よりもいかに自分がこの複雑な状況から逃げ出すか、その思惑に捉われていたはずである。つまり、三人の目は同じものを見ながら、それぞれの意識のあり方に影響されて、その「映像」はすべて少しずつ違ったものになっているのである。要するに、視線は冷静客観的に対象を捉えるカメラ・レンズではありえないこと、常に主観の浸透した、主観によって「曲げられた」映像を見て取ることしかできないというハーディのもっとも重要な命題を、この奇妙な「目撃」の場面から読み取ることができるのである。

そのことを象徴するのが「反射」なのである。「反射」(reflection)とは語源的に bend back だという。つまり、「曲げて返してくる」ものである。鏡や水面に映った映像は現実そのものではない。見えるはずのないものが見えたり、後ろにあるはずのものが前に見えたりと、実像と虚像の狭間にあって絶えず不安定なのである。この「反射」の不安定性は、眼を通しての映像の不安定性そのものと通底する。目を通しての映像もまた「曲げて返された」ものに過ぎない。この小説も終わりに近づくころ、「反射」に関連してきわめて印象的な場面が出てくる。

しかし、物音が聞こえないまま、彼女は木の下の川面に何かが映っていることに気がついた。その木が川の上にかぶさっているために、実際の道や、道をゆく人は隠されてしまっていたが、川面に映った映像は枝を通して見えるのだった。映っている姿形は、先ほど彼女が遠くから見た人のものであったが、逆さまになっているので、どこの誰かまではわからなかった。

その人は屋敷の上層部の窓を、いや、彼女の部屋の窓を見ているところだった。やはり、エドワードだろうか？もしそうなら、おそらく最後の別れを告げたいと思っているのであろう。彼が近づき、じっと流れを見詰め、ゆっくりと歩いた。エドワードであることはほぼ間違いなかった。彼女は、見つからないようにさらに身を潜めた。良心は彼女に、会ってはならないと命じていた。だが、彼女に急な疑問がわいてきた。「彼の方でもわたしの反射像を見たかもしれない。きっと見たはずよ」

実際、彼は水の上の彼女を見ていたのである。（第一三章、四）

いよいよマンストンと結婚することを決めたシセリアは最後の散歩に出る。すると、向こうから誰かがやってくる。それが果たして恋人のエドワードかどうか、シセリアは息を詰めて待ち受ける。印象的ではあるが、また奇妙な場面でもある。何もわざわざ水面に映ったその男の姿、その男が見ているはずの自分の反射された映像などなんら設定する必要のない文脈である。これ以外の部分にも言えることだが、ハーディはミステリーを書くことを自らに課しながら、随所でこのジャンルの枠を踏み外していて、ミステリーの緊張を保つにはかえって邪魔となるような文章を自由に取り込んでいる。しかし、実はそのような部分、ミステリーとしては余計な部分にこそ、この後ハーディが追い続けたテーマなり、ハーディ小説の基本構造なりが窺えるのであって、この箇所で言えば、ハーディ文学の大きな特徴の一つ、「視覚化」（visualization）の問題がそれである。

「実際の小道、その小道を行くものは見えないが、反射された映像は見える」、つまり反射は見えないものを見えるようにする。しかし、それはイメージであって、実体ではない。しかも「転倒した」イメージである。そのために最後までそれが実体であるかどうか確定できない。この部分で最も重要なのは、シセリアのこの逡巡である。つまり、彼女には水面に移った映像は確かに見えている。しかし、それはあくまでも「映像」であって、「実体」ではない。映像と実体が一致している可能性もあれば、そうでない場合もある。要するに、映像はそれだけでは「真実」を確定させてはくれないのである。「映像」の持つこの不確定性、それはすなわち視覚の不確定性の象徴となっているのである。

五

前述したように、ハーディの小説が「絵画的」、「視覚的」特徴を持つものであることについては、すでに多くの指摘がある。

ハーディの個人的印象にアプローチするためには、彼の「印象」、すなわち彼の「イメージ」を検証することが必要で、多くの研究は彼の美術的手法の使用と知識、絵画的方法、映画的手法を明らかにし、彼の作品中のおびただしい映像化と視覚化の横溢を確認した。(Berger, 6)

しかし、問題はその先である。彼の絵画あるいは視覚に対する強い関心が何を意味するかである。その一つが、前述の「視覚の不安定性」、つまり、眼は外界の対象を正確に客観的に写し取る手段とはなりえず、常に主観によって何らかのひずみ、歪曲、修正、つまりは「曲げて返す」という意味での「反射」の影響を免れ得ないという見解であり、これが彼のその後の小説においても一貫して見られることになる。以下は、ハーディの四番目の小説『はるか群集を離れて』についてのある批評家の一文である。

すでに何人かの批評家が指摘しているように、ハーディの視覚的デザインへの関心は、単に絵画的技法に倣うという域を超えて、人が自分やほかの人をどう感覚的に捉えるかということへの関心へと達している。（中略）ハーディの小説が繰り返し指摘するのは、人の感覚の危うさ、不安定さである。（Regan, 298-9）

ここに指摘されていることがそっくりそのまま『窮余の策』に当てはまるということは、この小説がすでにして、これ以後のハーディの小説で展開される重要なテーマのいくつかを抱え持っているということに他ならず、「視覚の不安定性」もその一つなのである。

この命題からハーディ文学のいくつかの重要な特質が引き出される。例えばシーラ・バーガーは、ハーディにとって人間の認識行為は本質的に不安定なものであって、視覚が捕捉するものはあくまでも曖昧な「印象」に過ぎないということから、例の有名なハーディの命題 "a series of seemings" こそ彼の文学の本質を要約するものだと言う。また、スティーブン・リーガンはバーガーの主張をさらに延長して、ハーディにとって眼は基本的に不確かな認識器官であり、したがってリアリティを見たままに客観的に写し取ると称するリアリズムは単なる copying に過ぎず、決してリアリティに肉迫するものではない、そもそも彼は初めからアンチ・リアリズムだったとの結論を導いている（Regan, 304-5）。

彼の文章に見られる強い経験論的志向——感覚を通したデータから演繹できるものへのこだわり——は、彼の不可知論的感性の一面である。それはあたかも、ハーディや彼の創作になる人物たちが、自分たちの支えになる信条が見つからない中で、いったいどうすればこの世界の意味を見出せばいいのかを問うているかのようである。

その上で、彼の小説の劇的モメンタムの多くは、直接見たもの、聞いたものを信じたがために、結局、欺かれるという経緯に発している。現に、『はるか群集を離れて』を含めて、彼の多くの小説の中でハーディは、表面的現象を読んだり、読み誤ったりしたがための悲劇的結末の可能性に強い関心を示している。(Regan, 304-5)

結び

『窮余の策』は、公刊されたものだけに限ればハーディの最初の小説である。ジョージ・メレディスが助言した「筋の込んだ、技巧を凝らした」小説、ウイルキー・コリンズばりのミステリーを目指して書いたこの小説は、彼のその後の小説家としての展開から見て、決して彼の「体質」に合うものではなかった。そもそも、ミステリーにおいては実は本当のミステリーは存在しない。謎めいて見えるのは、真相が人の眼から隠されているか、見えているのに見ていないからであって、やがては必ず解き明かされる。それに対し、その後のハーディが最も関心を寄せたのは、それよりはるかに大きなミステリー、宇宙を統べる第一原理そのもののミステリーであった。そして彼の結論は、そのミステリーには解明する方法が無いということ、ミステリーは最後までミステリーであり続けるというものであった。すなわち、不可知論者ハーディである。彼の小説に頻出する「偶然」も「運命」もみなこの解明されることのないミステリーに発している。その意味で、すべての謎が最後にはあっけなく人間関係のレベルで明らかにされる類の小説は、彼にとって飽き足らないものであったことは容易に想像がつくのである。

その飽き足らなさは、テキストにいくつも痕跡を残している。すなわち、ミステリーとして不必要な要素、ミステリーの緊張を薄めてしまっている要素がそれである。ということは、逆にそれを拾い上げていけば、ミステリーを書いているはずのハーディが、ほとんど無意識に盛り込んでしまった要素、彼がこの後生涯をかけて追及することになるテーマのいくつかが見えてくるのである。例えば、階級社会の不当性、制度としての結婚への懐疑、男女の性をはさんだ関係の複雑さなどなど。そして、これらのテーマ以外に、彼の文学が拠って立つ認識論的基本姿勢、すなわち「視覚化」とそれが含む諸問題もすでにしてこの作品の中で鮮明に打ち出されているのである。冒頭で「『窮余の策』はあらゆる意味で「眼」にまつわる物語である」と述べたのはその意味である。

注

（1）Ronald R. Thomas, 'Making Darkness Visible: Capturing the Criminal and Observing the Law in Victorian Photography and Detective Fiction,' *Victorian Literature and Visual Imagination.* Eds. C. T. Christ and J. O. Jordan, California: University of California Press, 1983, pp.134-5.

引用文献

Berger, Sheila, *Thomas Hardy and Visual Structures: Framing, Disruption, Process.* New York: New York University Press, 1990.
Hardy, Florence E., *The Life of Thomas Hardy.* London: The Macmillan Press, 1962.
Regan, Stephen, 'Far from the Madding Crowd: Vision and Design,' *The Nineteenth-Century Novel.* Ed. Delia Da Sousa Correa, New

York: Routledge, 2000.
Silverman, Kaja, *The Subject of Semiotics*. Oxford: Oxford University Press, 1983.

第九章　不在のライバル
――『塔上のふたり』

一

ハーディの小説のほとんどは男女の恋愛に関するものであり、その恋愛のほとんどは三角関係の中で展開される。その点『塔上のふたり』は例外的作品に見える。題名が示すとおり、恋愛は専らスイジンとヴィヴィエットの「ふたり」の間でのみ進行し、二人の関係に割って入るライバルは実在しない。しかし、本当にそうであろうか。

一口に男女の三角関係といってもハーディの場合ひとつの特徴がある。すなわち、第一作の『窮余の策』を例外として、一人の女（あるいは男）をめぐって二人の男（あるいは女）が争う基本的構図をとりながら、争い合うはずの二人が直接的に渡り合う場面がほとんどないことである。初期の小説『青い目』を例に取ろう。ここでは、エルフリードをめぐって若い建築家スミスと文芸評論家ナイトとが争う。しかし、その争いは常に相手が不在のままに行われる。一人が「退場」した後に（スミスがインドへ行ってしまった後）もう一人が「登場」し、その不在の間に新たな恋愛関係が芽生えヒロインを悩ます。したがって、三角関係はあくまでもヒロインの葛藤の中でのみ進行し、二人の男性が直接的に対立、激しく自己を主張し、相手を攻撃する場面はほとんどないか、顔を合わせることがあっても互いの恋愛関係に気づいてはいない。そもそも、スミスとナイトがようやく三角関係的構図の中で、同じ場面に並んで登場するのは、ヒロインが死んでしまった後、彼女の棺を乗せた列車にたまたま乗り合わせたときなのである。

次に『ダーバヴィル家のテス』を考えてみよう。エンジェルとアレックとテスの関係は正に典型的三角関係である。では、あの小説の中でエンジェルとアレックは何回顔を合わせているだろうか。ゼロである。二人は一度も顔を合わせてはいない。ここでもやはり、一人が退場した後になって、もう一人が登場するという形を取る（アレックがいなくなった後テスはエンジェルと出会い、エンジェルが南米に去った後再びアレックが現れる）。それは徹底していて、終盤近く、己の狭量を恥じたエンジェルが、許しを乞うべくテスに会いに行く。だがその時すでにテスはアレックと同棲中の身である。普通なら、ここでようやく二人の男性が面と向かい合い激しく対立し合う、極めてドラマチックな場面が予想されるところである。だが、あと一歩のところでエンジェルは引き返し、ついに二人の対面の場は実現しないままに終わる。この他、恋のライバル同士が多少顔を合わせることはあっても、直接火花を散らすことがほとんどない例としては、クリムとワイルディーブ（『帰郷』）、フィッツピアーズとウインターボーン（『森林地の人々』）が挙げられる。『ジュード』の場合やや複雑で、確かにスーとアラベラとジュードの三角関係では、オーストラリアから戻ったアラベラが、生活に困ってジュードの家を訪れ、そこで初めてスーと対面する場面があるが、これ一回きりでそれ以降は二人が面と向かい合って対立するような場面はまったくない。そもそも、ジュードとスーの関係が始まるのはアラベラが「退場」してからのことで、ここでもパターンは守られている。唯一の例外は、ヘンチャードとファーフレイが穀物納屋の二階で大立ち回りを演ずる『カスターブリッジの町長』であるが、この時の二人の対立は一人の女を巡っての争奪戦というより、むしろ社会的・経済的地位をめぐっての覇権争いの様相のほうが強い。

二

男女の三角関係を基本的パターンにしながら、ほとんどの場合いずれかのライバルが不在という構図は一体何を物語るのか、それについては後に考察するとして、『塔上のふたり』に戻って、この構図の有無を見てみたい。一見したところ、この小説には男女の三角関係は見当たらないように見える。しかし、三角関係の概念を少しひろげ、二人の関係に割って入ったものは何だったか、ヴィヴィエットをめぐってスイジンが争う相手は誰であったかを考えれば、当然コンスタンタイン卿の存在を無視するわけにはゆかない。「ふたり」だけのように見えて、その関係は結局「塔の上」でのふたり、つまりコンスタンタイン卿が当主を務める代々のコンスタンタイン家の象徴的建造物を介してのふたりなのである。ところが、ライバルであるはずの卿は、この小説の中でついに一度も姿を現すことがない。前述の「不在のライバル」という観点から言えば、最も極端なケースであり、極端である分、ハーディの小説におけるライバルの不在の意味を最も凝縮した形で見ることができるとも言える。

コンスタンタイン卿のこの小説における存在、登場人物としての機能を考える上で、一見何でもないように見えて、実は重要なテーマにつながるエピソードが二つある。その一つは、ロンドンで卿の姿を見かけたとの匿名の手紙がヴィヴィエットの許に送られてきた挿話である。アフリカにライオン狩りに行くと言って出て行って以来数年、消息の知れない卿がロンドンに戻っていると聞いてヴィヴィエットは驚く。世間体をはばかり、自ら事実を確かめることをためらった彼女は、スイジンに調査を依頼する（第一部、第四章）。早速出かけた彼は、まもなく戻り、別人であったことを夫人に報告する。それだけのことである。むしろ、夫人の異常なおびえ方が印象的なだけで、この一件がその後のプロットの展開に寄与するものはほとんど無い。

しかし、個別的には意味の曖昧な挿話も、同じような形で繰り返されると、俄然、作品の重要なモチーフとして浮き彫りになるケースがよくある。この作品の場合、その繰り返しの挿話とは、ヴィヴィエットが死んだはずのコンスタンタイン卿の「幽霊」を見る場面である（第二部、第八章）。前後の事情はこうである。コンスタンタイン卿がすでに一年半前にアフリカの地で死んだことを知ったヴィヴィエットとスイジンは、密かに二人だけで結婚する。そんなある晩、夫人はスイジンを屋敷に招待、あっちこっち案内する。ところがそこへ夫人の兄のルイスが突然やってくる。二人の結婚は兄には秘密にしてあるので、スイジンが屋敷の中にいることが知られては困る。慌てた夫人はスイジンを送り帰そうとする。「幽霊」はその後に出る。


突然、恐怖にかられた彼女は、わが身を守るように、両手を上げ、叫び声を発した。それからぶるぶる震えて壁に向かい、顔を覆った。

「なんだ、どうした」とルイス。

「良人が！」彼女は思わず口走った。

「そんな馬鹿な」

「そうね、馬鹿みたいよね。なんでもないの」彼女はその場を取り繕った。（第二部、第八章）

屋敷を出ようとしてにわか雨に遭ったスイジンが、それと知らずにコンスタンタイン卿の外套を着て夫人の前に現れ、それを見た夫人が良人だと勘違いした、それが「幽霊」の正体だったのである。それにしても夫人の反応は尋常ではない。卿がロンドンに現れたという噂を聞いたときの夫人の過度の反応に通ずるものがある。要するに、この二つの挿話は、不在のはずのコンスタンタイン卿が夫人の意識の中で確実に実在していて、常に夫人とスイジンとの関係を脅かす存在、三角関係の一方の当事者であることを物語るものである。同時に、それらがプロットの展開になんら寄与するものでなく、むしろ夫人の意識のありようを明らかにするものであることは、この作品の心理ドラマ的性格をほのめかすものとなっている。

三

ではなぜライバルが不在なのか。男女の三角関係という構図をとりながら、ライバル同士が激しくやりあう場面を故意に避け、一方のライバルが退場して初めてもう一方が登場するパターンの意味を考えてみたい。最も簡単な答えは、よく言われているように、ハーディのヒーローたちは、ヒロインとはまったく対照的に、微温的性格の持ち主が多く、激情に走ることがなく、決定的瞬間を「不在」によって回避しようとする傾向があることである。その唯一の例外がヘンチャードで、彼だけは「大立ち回り」を演じているが、あくまでも例外に過ぎない。次に考えられるのは、二人のライバルは一種のダブル的存在、すなわち、相互補完的関係と考えることもできる。例えば、テスにとって、「男性」はアレックとエンジェルのふたりに二分されていて、アレックのセクシュアリティ、エンジェルのスピリチュアリティとの間に揺れ動かされたとも考えられる。

しかし、それだけで「不在」が説明されたとは思えない。特にこの作品の場合の不在は、それとはやや違ったテーマを隠し持っているように思う。結論から言えば、男女の三角関係の構図におけるハーディの関心は、一人の女を巡って二人の男が激しくぶつかり合う、その劇的対立そのものにあるのではなく、その対立に挟まれ懊悩する女の心理的葛藤にあるのである。重点が、二人の男に挟まれて葛藤する女の複雑な心の動きにあるのであれば、ライバルが同時的に存在する必要は無く、ライバル同士の暴力的対立は、却って心理ドラマの陰影を損ねかねない。

特にこの小説では「不在のライバル」におびえるヒロインという設定が絶対不可欠な理由がある。というのも、スイジンが広げてみせる広大無辺の宇宙の闇よりも、ヴィヴィエットの心の闇の方がより底が深い、少なくとも人間的パースペクティブから言って、そうであることを訴えるのがこの小説のメイン・テーマだからである。

以下は一九一二年マクミラン社から新たな全集を出すことになったハーディが、この作品に付した序文の冒頭の部分である。

このロマンスは、構成の上ではやや弱いところがあるものの、その狙いは、極小の存在たるふたりの人間の感情的軌跡を、大宇宙という広大な背景と対比させ、この二つの対照的な尺度の中で、小さいものの方が大きなものより人間としては重要であることを読者に伝える事にあった。（序文）

一方に無限大の世界があり、他方に極小の世界がある。その二つの世界を対照させて、極小の世界の方が人間にとって重要であることを示そうというのである。テーマとしては極めて興味深い。しかし問題は、それを小説として具体化しようとするときに起こる厄介な問題、すなわち、宇宙の存在が圧倒的過ぎて、人間ドラマが矮小化されてしまう危険性である。

それから、手元にあった器具を使って、ふたりは地球から天王星へ、さらには太陽系の神秘的外縁へと旅した。なおも進んで、太陽系から、北の空で一番近い不動の星である白鳥座の星のひとつへ、そこから、もっと離れた星へ。それから、目に見える星のうちの最も遠いものへ。そうするうちに、人間の目がおぼつかないままに辿った恐ろしいまでの深淵が、コンスタンタイン卿夫人にも実感されてきた。（第一部、第四章）

スイジン自身、その広さと深さは「壮大」というよりむしろ「恐怖」だと語る宇宙の大きさはヴィヴィエットを圧倒し、それに比べて人間の存在の余りの小ささに彼女は思わずため息を漏らす。そして、彼女がこの日この塔にやってきた理由、スイジンへの頼みごと（前述のコンスタンタイン卿についての噂の真偽の確認）を切り出せなくなってしまう。

「貴方のお話のスケールがあまりに大きすぎて、私の話など完全に吹っ飛んでしまいました。貴方のお話は天上はるかに関わるもの。私のは情けないほど人間的なもの。小さなものが大きなものに勝てるはずがありませんわ」。（第一部、第四章）

このヴィヴィエットの無力感は、この小説のこれ以後の展開に対する我々読者の懸念と一脈通ずるところがある。すなわち、スイジンが広げて見せた宇宙が余りに広大、余りに茫漠過ぎて、その前に置かれればどんな人間ドラマも矮小化され、無化されてしまわないかとの懸念である。例えば、この小説のプロット上重要な要素として、コンスタンタイン卿がいつ死んだのかという問題がある。最初は、彼はすでに一年半前に死んだとの知らせが入る。それを聞いたスイジンとヴィヴィエットは密かに結婚の手続きを取る。ところがその後、実は彼が本当に死んだのはそれよりもかなり後、ふたりの結婚の六週間後であったことが判明する。コンスタンタイン卿の先ほどの「幽霊」は存在と非存在の狭間にあるという意味で、彼の生死の曖昧さを暗示していると言える。この曖昧さ、時間のずれが二人の関係を結局は破綻に導く。また、ヴィヴィエットがスイジンとの結婚に躊躇した最大の原因は彼女が彼よりも一〇歳年上だったことである。この一〇年という時間のずれに彼女は最後までこだわる。他にも、スイジンの「大発見」がある。天文学上の画期的な理論を思いついた彼は勇んで学会誌に投稿しようとするが、すんでのところで（六週間の差で）先を越され、絶望した彼は一時死に瀕する。いずれにしても、この小説の中では「時間」が人間ドラマを支配している。

その時間が宇宙の前ではまったく意味を持たなくなってしまう。例えば、この頃たまたま地球に接近してきた彗星についての記述がそのいい例である。

一八一一年のあのすばらしい彗星がもう一度戻ってくるのが三〇〇〇年後であることは、彼にとって悔やんでも悔やみきれないものだった。（第一部、第一〇章）

一年半前だったのか六週間後であったのか、コンスタンタイン卿の正確な死亡日時に翻弄されるふたりをあざ笑うかのように、彗星の時間は気が遠くなるほど長い。こうして、スイジンが宇宙について薀蓄を傾ければ傾けるほど、人間ドラマは矮小化され、取るに足らないものに見えてきて、その分ハーディが序文で述べた「極小の方が人間にとって重要である」とのテーマはますます遠のいてゆくように感じられる。その危険をハーディはどのように回避し、先ほどのヴィヴィエットの台詞「小さなものが大きなものに勝てるはずがない」をどう逆転させたのか、以下、その線に沿って議論を進めることにしたい。

四

この小説の前半部と後半部とでは顕著な違いがある。前半部における語り手はどちらかといえば、若くて純情な青年スイジンに同情的で、彼の科学への情熱、宇宙への傾倒が好意的に語られる。一方、ヴィヴィエットの方は、「怠惰な日々をもてあまし、倦怠に苦しむ有閑夫人」、スイジンへの関心も最初はその倦怠の解消のために過ぎないなどと批判的に語られる。いわばアダムを誘惑するイブのようだと（Dutta, 65）。ところが、ふたりが秘密裏に結婚して以降、テキストは次第に心理ドラマ、それも一方的にヴィヴィエットの内面描写に比重を置くようになってゆき、同時に語り手の同情はスイジンからヴィヴィエットへと移ってゆく。以下は、スイジンの叔父が、「女と手を切ること」を条件に彼に遺産を残した事を知ったときのヴィヴィエットの心の揺れを叙したくだりである。

そのような可能性があるかもしれないと思うだけで、その屈辱感はほとんど耐え難かった。これまで味わったことのない悔しさだった。しかもまだあった。その刺すような心の痛みの次に、それに比べたら憤慨や悔しさなんてはるかにましと思えるような感情が追い討ちをかけたのだ。つまり、墓の下から諫言する老人の言葉は、必ずしもまったくの間違いではないかもしれないという惨めな確信めいた感情が。老人は半分しか間違っていない。いやおそらく、実質的には正しいのかも。このような自己犠牲の深い痛み、最も確実な味方である自分自身が自分のことをあきらめた絶望感から生まれる自己滅却への願望、それを十全に理解できるのは、自分のことは差し置いて、他人の立場をまず尊重することができる資質の持ち主だけだった。（第三部、第六章）

これは語り手によるヒロインの心理描写というより、むしろ彼女自身の「内的独白」に近い。語り手が客観的に彼女の心理状態を「記述」しているというより、彼女自身が語り手抜きで直接こころの動揺をさらけ出している印象なのである。この傾向は後半部が進むにつれて次第に加速し、彼女の「同情、悲哀、惨めさ、忍従、さらには神々しいまでのやさしさ」(作者序言)などをめぐる心理ドラマの様相を深めてゆくのである。

この小説の特に後半部分を、ヴィヴィエットの心理ドラマに焦点を当てて読む読み方は、これまで解釈に窮することの多かった別の問題への新たなアプローチを提供してくれるように思われる。すなわち、タビサ・ラークのことである。彼女の存在は多くの読者を困惑させ、研究者たちも彼女については多くを語っていない。それでいて、彼女は繰り返し登場する。あるときはヴィヴィエットのコンパニオンとして。あるときは教会のオルガン奏者として。またあるときは、スイジンの堅信礼を見守るものとして。とにかく彼女は繰り返し顔を出す。しかしいずれの場合も、いわば舞台の端をかすめるかのような登場の仕方であり、決して舞台の中央に立つことはない。読者の多くは、彼女が何のために登場人物の一員として配されているのか容易にはわからない。それへの手がかりは先ほど言ったように、この小説をヴィヴィエットの心理ドラマとして読むことによって初めて明らかになる。つまり、ラークはヴィヴィエットのある心理的おびえを読者に繰り返し感じさせるための存在なのである。一〇歳近く年下の青年を愛したヴィヴィエットの最大の不安は、自分がどんどん若さを失ってゆくこと、容色が次第に衰えてゆくことである。情熱の赴くままに身を投げ出そうとする彼女を常に引き戻そうとするのは、この不安感である。そしてそのつど若いラークが「舞台」の袖をかすめるように姿を見せる。つまり、若さの絶頂にあるラークが姿を見せるたびに、ヴィヴィエットは自分が若さを失いつつあることを自覚し、失った後にやってくるものに怯えるのである。その事が確認されるのは、小説の最後の部分である。スイジンとの再会の喜びも束の間、ヴィヴィエットは彼の腕の中で倒れてしまう。慌てた彼は、誰か助けを呼ぼうとする。

助けを呼ぼうとする彼の目に入ったのは、タビサ・ラークの姿だけだった。彼女は弾むような足取りで原っぱの周縁を歩いていた。広い地平線の中でそこだけが彩られ、生気を帯びていた。(第三部、第一二章)

結局最後まで彼女は「周縁」をかすめる存在でありながら、「弾むような足取り」、「彩られ、生気を帯びていた」などの言葉が暗示するように、若さを象徴する存在でもある。ここに至って、読者はヴィヴィエットの懸念や不安が現実のものとなるであろうことを予感する。すなわち、ラークがヴィヴィエットの若い後継者として、妻の座を手に入れるであろうことを。

さらに、ヴィヴィエットの心理ドラマの深まりと並行してスイジンの方にもある変化が見られるようになる。それは、彼が次第に〝無垢〟(innocence)から〝無知〟(ignorance)へと変わってゆくことである。ただし、これは彼の性格が変化したという意味ではなく、語り手の彼を見る目が変化したという意味である。小説の初めの方で専ら強調されるのは、彼の天文学への情熱、世俗的功利への無頓着、人を疑う事を知らない純情、異性への関心の淡白さなどで、前半部ではそれらの資質はすべて肯定的に扱われている。ところが、この同じ資質が後半に入るとことごとく否定的評価にさらされることになる。

しかし若いスイジンは、この晩のヴィヴィエットの複雑な思いやりをまったく察することができなかった。(第三部、第八章)

> スイジンは大自然と人間以外のものに関することなら、すべてに巨人のように揺るぎなかったが、人間関係に関してだけは子供のように無定見であった。（第三部、第八章）

> 科学者である彼は、言葉を文字通りの意味でしか解しなかった。彼ら科学者の救いがたいほど単純な論理は、どこか、研究対象である自然の法則の残酷さを分け持っていた。（第三部、第一二章）

すでに述べたようにこの小説のメインテーマは、「極小」が「無限大」よりも重要であることを立証することにあった。そのためにハーディが取った方法は、宇宙の深淵に匹敵するもう一つの深淵を描いて見せることであった。もう一つの深淵とはすなわち「人間のこころの世界」のことである。宇宙が底なしの世界であるとすれば、極小であるはずの人間のこころもまたそれに劣らず底なしであることで対抗しようというのである。小説の後半、ヴィヴィエットに関する描写が次第に心理ドラマ化してゆき、彼女の複雑な精神的動揺が克明に描かれるようになるのはそのためである。と同時に、科学の側に立つスイジンの「酷薄さ」が次第に露呈してくる。それは、科学が明らかにする事実がいかに壮大かつ深遠であろうとも、人間との関わりから隔絶しているならば、なんら意味を持たないからである。あれほどの科学的知見を持ちながら、いざ人間関係となると、その複雑さに「呆然の態《てい》の傍観者」にしかなりえず、さらには人間感情の機微を理解しない点で、「研究対象である自然の法則の残酷さを分け持」つとまで言われるようになるスイジンは、まさに人間的要素をすべて切り捨てた科学の「冷淡さ」の一面を表すものである。

スイジンが南半球への観測の旅に出た後になって、ヴィヴィエットは自分が妊娠していることを知り、苦悩はさらに深まる。スイジンの消息は不明。しかし、身ごもった新しい生命は着実に大きくなってゆく。逡巡の果ての彼女の決断は、このまま黙って、かねてより自分との結婚を希望していたヘルムスデール主教と結婚するというものだった。現代の読者には実感しがたいが、この彼女の「解決策」は当時物議を醸し、聖職者を冒瀆するのもはなはだしいとの非難を浴びたのである。それは別としても、すでに子供を身ごもっていることを隠して別の男と結婚するという決断は、追い詰められた女性の心理ドラマとして、現代の読者にとっても、クライマックスにふさわしい状況である。ここに至って、語り手は彼女への同情を大いに募らせ、その分スイジンの「無知」を厳しく糾弾する態度を明確に打ち出す。彼が、実験にうつつを抜かす間に、人間的感情を養うことを怠ったことを指摘した後、さらに、

もともと同じものを描きながら、ある遠近画法では前景の測定基準となっている点が、他の画法では消点(vanishing point)となることがある。スイジンの南半球での恒星系の研究と発見は、確かに彼にとっては最も重要な出来事であっただろう。しかし、それよりもっと、彼の知性ではなく感情に関わる重要なことが地上で展開しつつある今、我々の目からすれば、そんなものは、せいぜいで暇つぶしくらいにしか思えないのである。(第三部、第一二章)

とまで言う。前出の序文「二つの対照的な尺度の中で、小さいものの方が大きなものより人間としては重要であることを読者に伝える」をそっくり体現している文章を探すとすればここをおいてはないと思われるくらい小説の趣旨と一致している箇所である。それまではスイジンの広げて見せた無限大の宇宙が「前景の測定基準」であり、その「画法」では人間は「消点」に過ぎなかった。しかし、ひとたび、その「消点」たる人間を「測定基準」

にするなら、宇宙の無限こそが消点となる。そこでは、スイジンの口を通してあれほど熱っぽく語られた天文学ですら「暇つぶし」に過ぎなくなってしまう。これと非常に良く似た表現が『森林地の人々』の中にもあって、語り手は「いかなる高みからであろうとも、宇宙の焦点たる人間を正確に記述することなどとてもできはしない」と言い、このような考え方がハーディの基本命題の一つであったことを窺わせるのである。

これと同じことが例の彗星の時間にも言うことができる。「もう一度戻ってくるのは三〇〇〇年後」という彗星の時間の前では、コンスタンタイン卿の死亡日時の僅かなずれなど取るに足らない時間であり、それにきりきり舞いする人間は確かに滑稽なほど矮小な存在に見えるかもしれない。しかし、人間である限りその矮小さから逃れられないし、逃れる必要もない。なぜなら、人間は彗星の時間、科学の時間の中で生きているのではないからである。時間は二通りある。「科学の時間」と「人間の時間」である。

> この二つの時間は歴史のはるか以前から我々とともにあった。我々は太陽や月や季節の繰り返されるサイクルを常に意識してきたが、同時にその時間を一連の出来事として、つまりは物語として様々な形に作り変えてもきたのである。(Abbott, 5)

科学の時間は時計の時間である。単位が等分に刻まれ、その長さは常に物理的、算術的に測られる。一〇の単位が一〇集まれば必ず一〇〇になる、それが科学の時間である。しかし、人間の時間は違う。自分が置かれた状況、自分の身に起こった出来事(event)を基に測られる。つまり、科学の時間が「出来事」を軸に再構成されたものが人間の時間である。そのために、科学の時間で測れば僅か五分に過ぎないことが人間の時間では「五時間」にも「五日」にもなりうるし、その逆の場合もある。小説のはじめの方、村人たちがヴィヴィエットの噂話を交換する場面で、夫人の毎日は「朝になれば早く夕方になればいいのにと思い、夕方になれば早く朝が来ればいいのにと願う」日々だという。典型的な「人間の時間」の例である。要するに、ヴィヴィエットの物語は、コンスタンタイン卿の死亡日時のずれ、一〇歳という恋人との年齢差、遺産の相続までに待たねばならない五年間、そういった「瑣末な」時間が重大な意味をもつ物語なのであって、いたずらに科学の時間で測ってそれを「瑣末」と決め付けることは意味のないことなのである。

五

よく言われるように、ハーディの世界を見る眼、人間を見る眼は複眼的である。視座を宇宙のはるか高みに据えて、地上を見下ろす一方で、あたかも顔を地面に擦りつけるようにして、地中の小さな虫の生態を観察する、その二つの視点が並存している。そのいずれの視点が本当の視点なのかと問うことは適当ではない。むしろ両者は dialectic な関係にある（Ingham, 153）。しかし、ハーディの場合、その dialects には絶対欠かせない媒介項がある。それは人間の存在である。彼はあるところで、「自分は風景だけの風景画には興味はない。風景にどんな形でもいいから人間を配することで、絵はがらりと意味を変える」という趣旨のことを述べている（Hardy, F., 120）。

同じように、科学が意味をもつのは、どこかでそれが人間と接点を持っている場合に限られる。スイジンの望遠鏡は確かにこれまで知られていなかった宇宙のはるか彼方を見せてくれはしたが、その分人間を置き去りにしてしまう。望遠鏡を科学の象徴とすれば、人間との接点を失った科学は、むしろ虚無に繋がりかねない。それを救うのが「極小」への配慮の目である。

ハーディがこの小説を思い立った当時のイギリスは、科学的知識が大いに拡張した時代で、天文学は勿論、地質学、進化論、考古学などは次々と新しい知見を提供した。それら新しい知見に常に敏感な関心を持ちつづけていたのが他ならぬハーディで、実質的には彼が書いたとされる『トマス・ハーディ伝』にはそれらの知識のメモがふんだんに見られる。しかし、だからといって彼の関心が文学を離れ、科学、哲学に傾斜していったということではなく、あくまでも文学に基軸を置いていた。言い換えると、先ほどの序文にもあるとおり、科学的知識に大いに関心を抱きながらも、常にそれが「人間的要素」との接点を持つ限りにおいてであって、人間的要素を欠いた「真空の」科学的考察に踏み出すことはなかった。

以下は、当時の宗教、科学、哲学の分野での新しい考え方がハーディ文学にどのような影響を及ぼしたかを考察した論文の一節で、筆者はショーペンハウアーとハルトマンに対するハーディの関心の深さを認めながらも（特に、超越的意思は無意識である、という考え方）、最終的にはそのふたりと結論を異にしたことを次のように述べている。

さらに、ふたりとハーディとの大きな違いは、人間的状況に対する態度である。生に対して我関せずであるべきとのショーペンハウアーの主張と、人間および高等動物の苦しみに身をもって関わろうとしたハーディとが相容れないのと同じように、無数の人間の苦しみを尻目に「無意識」だけが進化してゆくことを肯んずるハルトマンとも相容れなかった。結局、このふたりだけでなく、いかなる知的影響も、ハーディが詩や散文でそれまで表明してきた確信を変えることはなかったのである。すなわち、宇宙的スケールによってどれほど矮小化されようとも、人間の志、感情、希望は、他の何よりも重要なのだとの確信である。（Schweik, 70）

引用文献

Abbott, H. Porter, *The Cambridge Introduction to Narrative*. Cambridge: Cambridge University Press, 2002.

Dutta, Shanta, *Ambrivalence in Hardy: A Study of his Attitude to Women*. London: Macmillan, 2000.

Hardy, Florence E., *The Life of Thomas Hardy*. London: The Macmillan Press, 1962.

Ingham, Patricia, *Thomas Hardy*. Oxford: Oxford University Press, 2003.

Schweik, Robert, 'The influence of religion, science, and philosophy on Hardy's writings,' *The Cambridge Companion to Thomas Hardy*. Ed. Dale Kramer, Cambridge: Cambridge University Press, 1999.

第一〇章　リアリズムを超えて
——『恋の魂』

一

ハーディを論ずる者にとって『恋の魂』は常に扱いにくい奇妙な作品であった。初めからこの作品を無視する人も少なくなかったし、そうでない人も渋々スペースを割いたかのような観があった。しかも、それらスペースにしても論者の当惑がありありと窺える態のものであった。

これら奇妙さといい、当惑といい、その原因は何だったのであろうか。先を急ぐ言い方になるが、それは結局この小説がヴィクトリア朝の小説の基本であるリアリズムの伝統から逸脱しているためだったのではないだろうか。そのために、プロットは奇抜すぎて現実味に欠けるとされ、登場人物のそれぞれも平板でキャラクターとしてのまとまりがないというような批判を受け続けてきた。しかし、この種の批判が無意識のうちに依拠しているのは、小説はすべてリアリズムを基本とすべきであるという前提である。ところが、ハーディがもともとこの小説をリアリズムの手法を用いて書くつもりがなかったことははっきりしている。以下は一九一二年に全集を編むにあたって彼がこの作品に付した序文の一部である。

物語そのものについて言っておいたほうがいいと思うのだが、本シリーズのたいていの作品とは違って、この作品の狙いは、観念的、主観的な性質のものであって、もっぱら想像力の産物で、出来事のつながりにおける「もっともらしさ」は二の次にしてある。(『恋の魂』序文)

ハーディが初めから「もっともらしさ」(verisimilitude)を主眼としない、つまりリアリズム的手法をとらないと宣言したということは、リアリズムが前提とするいくつかの「仮説」をも踏襲しないということである。リアリティをできるだけ透明なままに写し取ることを建前とするリアリズムに仮説的前提などない、と考えるのは誤解である。ジョージ・レヴィンによれば、イギリスでリアリズムという用語が初めて用いられたのは一九世紀も中ごろのことであり、あくまでも「文学上のある特定の時期における一時的な技法」に過ぎないという。ということは当然、その当時の歴史的文脈によって規定された仮説や黙契を内包しているということになる。

他の文学的方法と同じく、リアリズムとは継承されてきた慣習であり、かつ、世界の見方、いわば形而上学である。その中には現実世界の本質についてのいくつかの仮説が含まれている。リアリスティックなテキストはそれら仮説を必ずしも明示することはないが、それら仮説が意味の基盤になっていることは確かである(Levine, 238)。

ここで注意すべき点は二つある。一つは、リアリズムというのはその他のイズムと同様、世界に対する一つの見方に過ぎないということ、もう一つは、リアリティというものを不用意にアプリオリに措定してはならないということである。つまり、厳然たるリアリティというものが不動の形であらかじめ存在するのではなくて、常に仮説の形で構成されてきたものに過ぎないということである。そして、リアリズムが世界の見方の一つに過ぎないとすれば、そのような見方が含む価値観に不満を抱き、そのような形式を覆そうとする作家が出てくるのは当然で、レヴィンによればハーディもその一人であったという。

二

それではリアリズムを成り立たせている前提とはどのようなものであろうか。それを確認するためには、小説の勃興をリアリズムとの関係から説き起こしたイアン・ワットを参照することがもっとも有効だと思われる。ワットによれば、小説技法としてのリアリズムの淵源は一七世紀以降に広まった哲学的リアリズムにあるという。それ以前のスコラ哲学では、リアリズムとは個人の感覚では捉えられない普遍的・祖型的・抽象的概念、プラトンの言うイデア的観念であったのに対し、近代リアリズムは何よりも個人の意識・感覚を重視、それを通して直に経験されるものをもってリアリティとした。したがって、ここでは感覚機能の持ち主としての個人、その個人の行動の時間的・空間的特定性、それを提示する際の個々の事物の具体性などが強調されることになった。この哲学的リアリズムを文芸形式に持ち込んだものをワットはformal realismと呼び、次のように要約している。

フォーマル・リアリズムとは、実は、ある前提を物語の形で実現したものである。この前提をデフォーやリチャードソンは文字通りに受け入れたが、もともと小説一般において最初から含意されたものである。その前提、すなわちもっとも大事なコンベンションによれば、小説とは、人間経験を細大漏らさず、虚偽を交えることなく伝える形式で、それゆえ、個々の人物をはっきり区別すること、出来事の時間と場所を特定することなど、細かいところまで読者を満足させる義務を負うもので、それら細部を、他の文芸形式に普通見られるよりも、より対象指示的言語の使用によって提示しなければならないのである。(Watt, 33)

あえて要約すれば、小説というのは一七世紀に支配的となった哲学的リアリズムを文芸形式の中に取り込む形で誕生したこと、そして、その哲学的リアリズムで強調されたのは個別性(individuality)であったということ。特に人間に関して言えば、それまでの人間が普遍的類型として、例えば〝エブリマン〟あるいは〝クリスチャン〟というふうに抽象化された存在であったのに対し、人間一人一人の存在に価値を認め、その思想や行動の詳細が読者の興味を引くに十分なものであることを明らかにしたのである。つまり、小説のリアリズムを支える柱の一つは、人間を自律的な個人として見るという態度である。

小説のリアリズムを支えるもうひとつの重要な柱は、ブルジョワ的価値観との結びつきである。ワットはその両者の結びつきを当時の社会的・文化的文脈から説明する。本を読むために必要な識字力、本を買うだけの経済的余裕、本を読むための時間的ゆとりなどの要因を考慮した場合、小説の読者の中心は、他にいくらでも享楽の方法のあった貴族階級でもなければ、金銭的にも時間的にも余裕のなかった労働者階級でもなく、当時その両方を手に入れることができるようになったブルジョワジーだったのである。そうであれば、やがて小説が彼らに広く受け入れられるために、彼らの関心・道徳意識・価値観に迎合し、それを取り込み、やがてはそれら価値観の擁護・流布の砦となってゆくのは当然の成り行きだったのである。ワットはさらに、そのブルジョワ的価値観の中心にあったのは資本主義とプロテスタンティズムであったことを指摘しているが、ここではそのことよりも、小説とリアリズム、小説とindividualism、小説とブルジョワ的価値観との密接な結びつきを確認するだけでよい。というのも、『恋の魂』という小説の〝奇妙さ〟の裏には、まさにそれらの結びつきを拒否し、その結びつきに異議を唱えようとする意図が隠されているように思われるからである。

三

この小説の奇妙さを象徴する典型的な例として、終幕近く登場人物が危険な潮流の渦巻く夜の海へボートを漕ぎ出す場面がある。なにが奇妙かというと、実は『恋の魂』には二つのバージョンがあって、それぞれのバージョンでボートに乗り込む人物が違っているのである。この物語はもともと一八九二年に雑誌連載の形でまず発表された。そのときの題は『恋の魂を追って』(*The Pursuit of the Well-Beloved*)で、主人公の名前もピアストンではなくペアストンとなっていた。ハーディがこれに手を加えて、一八九七年単行本の形で刊行したのが現在定本となっている『恋の魂──ある性格の点描』(*The Well-Beloved: A Sketch of A Temperament*)で、現在『恋の魂』と言えばこちらの方を指すのが普通である。物語も山場。切羽詰った登場人物がついに意を決して、海岸に放置されてあったボートに乗り込み、闇の中を海へ乗り出してゆく。そこは流れの速い三つもの潮流が複雑にもつれ合い、「沸騰する大釜のように泡立っている」危険な場所である。果たせるかな、登場人物は潮の渦に巻き込まれあわやの目に遭うが、運良く通りかかった船に助けられる。この間の描写は二つのバージョンともほとんど同じと言っていい。問題は次の箇所である。

したがって、外側の潮流は本土に向かって流れているのに、「南流」はビールとその向こうのレイスに怒濤のように向かっていた。ペアストンのボートはたちまちその流れに捕まってしまった。(『恋の魂を追って』第三二章)

今、外側の海流は投錨地とウェセックスの本土に向かって流れているのに、「南流」はビールとその向こうのレイスに怒濤のように向かっていた。恋人たちの不運なボートはたちまちその流れに捕まってしまった。(『恋の魂』第二部、第一一章)

つまり、何かから逃れようとして危険な潮流の中へボートを乗り入れる人物が、二つの作品ではまったく違うのである。連載版でボートに乗り込むのはペアストン自身である。彼はエイヴィス三世が若い恋人の許に去った後、何もかも空しくなって海へと漕ぎ出すのである。したがってこの場合は、迫り来る老齢のはかなさから逃れるための自殺行なのである。一方、単行本の場合の乗り手は若い恋人たちである。彼らの場合は、自分たちの本来の夢の実現に向かって乗り出すのであり、彼らが逃れようとしているのはピアストンその人である。

リアリズムでは、あるがままのものをあるがままに写し取るというのが建前である。そのためにはまず、あるがままのものがアプリオリにあって、その後でそれを描きとるという手順を装わなければならない。つまり、キャラクターと事件とがまず先にあって、作者はあくまでもそれを忠実に写し取っただけというポーズを装わなければならないのである。さらに、この手順が小説テキストの中で具体化されるためには、自律性を持ったキャラクターと、そのキャラクターが〝不可避的に〟遭遇する事件とが必要となってくる。というのも、リアリズムでは作者はあくまでも観察者(observer)というスタンスを守っているかのように見せかけることが必要で、自由意思を持ったキャラクターが、ある不可避的事件に遭遇した際に何が起こったか、それを〝観察〟し、それを

〝あるがままに〟写し取るというのがリアリズムの〝文法〟だからである。この場合、キャラクターに自律性が要請され、事件に不可避性が要請されるのは、決して作者が自分の都合に合わせてキャラクターを操り、事件を捏造しているのではないことを示さなければならないからである。キャラクターが事件を招き、事件がキャラクターを再び形成してゆくというdialecticな両者の関係がリアリズムには必要なのである。

ところが『恋の魂』における夜の海のエピソードにおいては、キャラクターと事件との間の関係がまったく恣意的なのである。渦潮に巻き込まれ命を落としそうになるのは、ペアストンでもいいし、恋人たちでもいいのである。むしろ、テキストはキャラクターと事件とをまったくランダムに組み合わせ、そのバリエーションを楽しんでいるかのようである。つまりここにあるのは、リアリティを写し取った所産としてのテキストではなく、テキストの戯れの結果としてのキャラクターと事件との組み合わせに過ぎないのである。

四

そもそもこの物語には個人(individual)として自律性を持ったキャラクターが存在しない。その典型はもちろん三人のエイヴィスである。確かにハーディは小説という制約上三人に多少の差異は付与している。しかし、それはきわめてわずかな差異であって、三人のエイヴィスは存在としては三人であるが、実質的には、すなわち小説内の機能としては単一の存在である。作者はエイヴィス二世、エイヴィス三世を繰り返し「コピー」と呼ぶ。コピー、すなわち重ね合わせれば一つの型に収まってしまう存在のことである。このことはエイヴィスだけに限らない。島の住人もみなそうである。この島には限られた数のファミリー・ネームしかない。そのために、同じ名前の人間が多く、人と人との区別がつきにくくなっている。前出のワットは、初期リアリズム小説が登場人物を個人的存在として印象づけるために、それまでの類型的な名前を排して、現実味のある固有の名前を登場人物のために工夫したとしているが（Watt, 19）、『恋の魂』はそれとはまったく反対である。つまり、逆に名前を共有させることで類型化が図られているのである。また、ファミリー・ネームの種類が限定されているのは、同族内で婚姻・出産が繰り返されてきたからである。つまり、島の住人のほとんどは血筋の上でも相互につながっていて、個別化されていないのである。それぞれが元となる原家系（common stock）から分枝し、元の家系の特性を分け合っているのである。

では主人公であるピアストンはどうか。彼もまた従来のリアリズム小説に登場するキャラクターに程遠いことは明らかである。そのことは、彼をハーディの作品の中でもリアリズム的傾向の強い小説『ダーバヴィル家のテス』や『カスターブリッジの町長』における主人公たちと比べてみればすぐにわかる。テスやヘンチャードには彼らのキャラクターの核となる強烈な自我意識がある。その意識があるがゆえにリアリズムが前提とするキャラクターのダイナミクス、成熟あるいは覚醒への展開が可能となる。ところが、ピアストンにはそのような特徴がほとんど見られない。彼は最初から最後まで、呪縛にあって自由意思を奪われた男、〝恋の魂〟に取り憑かれ翻弄されるだけの存在に過ぎない。成長もしないし、覚醒もしない。『恋の魂』の構成は三部からなっている。第一部が「二〇歳の若者」、第二部が「四〇歳の若者」、第三部が「六〇歳の若者」と、それぞれ二〇年の間隔を置いて一人の男のウィタ・セクスアリスを追いかける形をとっている。しかし、三つに共通する〝若者〟という言葉が示すように、ここには時間的経過に伴って変化・成長する精神史的な展開はまったくない（最終部の〝悟り〟は自発的覚醒というより、呪縛の消滅の結果に過ぎない）。むしろ、三人のエイヴィスがそうであったように、〝三人〟のピアストンは、すべて〝恋の魂〟に取り憑かれた男として、彼もまたコピーなのである。

実は、この小説にはリアリズム小説が前提とするindividualな存在としての人間は初めからいないのである。その代わりにあるのはunitとしての人間なのである。

五

リアリズムの仮構性の重要な柱の一つは、自律性を持った個人という概念であることはすでに述べた。文芸形式としてのリアリズムの背後にあって、この形式を維持しようとするイデオロギーは、リベラル・ヒューマニズムである。リベラル・ヒューマニズムは、ブルジョワ社会が強制された体制ではなく、自律性を持った個人の自発的集団であることを装おうとする。そのためにはindividualとしての人間が必要だったのである。Individualとは文字通りそれ以上分割できない存在、そこを超えてしまえば人間が人間でなくなる原点、デカルト的〝意識〟を核として、他者に依存することなく安定した自律性と個別性を有する存在のことである。一方、私がここで言う〝ユニット〟とは、全体の一部としての単位、本来単一であったものが分裂してできたものの意である。この小説の中頃に次のようなシーンが出てくる。

何マイルにも及ぶ周囲全体から、地鳴りのような音が聞こえてきた。その地鳴りに、個々の騒音、人の声、汽笛、犬のほえ声などが、海面に浮かぶ泡のように、漂い揺れていた。それらの音を聞いていた彼は、この巨大な塊の中で、休息を求めているものは何もないとの印象を覚えた。

この際限のない人間という大海の中で、存在の一単位、彼のエイヴィスが一人さまよっているのだった。(『恋

の魂』第二部、第一一章）

大都会の雑踏の中で道に迷ってさまよっているであろうエイヴィスをピアストンが心配している箇所である。表面上の意味とは別に、ここには人間存在についてのこの小説独自の考え方が含意されているように私には思える。聞こえるのは辺りを包む低い地鳴りのような音、一つ一つの（individual）音は、その中で海のあぶくのように結んでは消えてゆく。人間も同じこと。人間を、本来区切りのない海のような全体として捉え、エイヴィスはその中で浮遊する生命現象の一単位（unit）に過ぎないと捉える視点がここにはある。

人間を生命現象の一単位として見た場合、その個別性は表面的なものに過ぎなくなる。むしろ全体の一部として全体の特性を分有し、全体と常につながっている存在となる。一見、自由意思を有しているかに見えるが、もともとユニットでしかないのであるから、その自由意思なるものも結局は全体の意思の延長でしかない。〝恋の魂〟という眼に見えないイデア的全体の、その時々の顕現である三人のエイヴィス、その時々の〝犠牲者〟である三人のピアストン、さらには、世代を超えて貫流する原家系の〝受肉〟としての島の住人、これらすべて「全体の部分的顕現」、すなわちユニットに過ぎないのである。

このことを象徴するのが、物語の舞台となっているスリンガー島そのものである。前掲の作者による序文の中で、ハーディはこの作品がそれまでの作品と性質を異にするものであることを断っているが、それは例のハーディのウェセックスと題された地図を見ても明らかである。地図の上で、島は本土ウェセックスの外れにある。それはこの作品が内容的にも他の作品から外れたものであることを示している。その一方で、よく見ればこの島はつながってもいる。潮が満ちているときは切り離されて島になり、引いたときは実は地続きとなるのである。つまり、この地形は島でもあるし、岬でもある。普段は島として〝個別的〟存在に見えながら、実は水面下で本土、すなわち全体とつながっているのである。言い換えれば、この島もまたユニットであり、この島を背景としたこの物語中の人間のありようを的確に象徴している。

人間の存在を大いなる全体の一単位として見る見方は、ハーディの人間観の根底に常にあった。その代表は『トマス・ハーディ伝』の中の有名な一句である。「ちょうど蜘蛛の巣に触れたときのように、一点が揺さぶられると全体が震える一つの大きなネットワーク、あるいは組織として人類全体を表してみたらどうだろう」(Hardy, F., 177)。ただし、ここで言う蜘蛛の巣とは、社会学で言うようなインターパーソナルな人間関係の総体というような概念ではない。もう少しスケールが大きく、もう少し空想的・哲学的である。宇宙を統一する根本原理、ハーディはそれにいろんな名前(例えばthe Prime Mover, あるいはMother Natureなど)を与えているが、特徴的なことは、とりわけそれを「意思」(the Will)と呼んでいることである。本人は直接的影響を曖昧にしているので断定は控えるが(Weber, 46)、この考え方はショーペンハウアーのそれに極めて近い。ショウペンハウアーの場合も、彼の主著『意思と表象としての世界』のタイトルが示すように、宇宙全体はある「大いなる意思」によって動かされているとする。個々の人間はすべてこの「大いなる意思」が現象界で一時的に受肉・具現したものに過ぎない。個々の人間が自分では自由意思と思い込んでいるものも、実は「大いなる意思」の発動の一部であって、自由に見えるのは幻想に過ぎない。これはハーディの考え方、特に彼の文学活動の総決算と言うべき『覇王たち』の中で図式的に具体化された考え方と非常に良く似ている。『トマス・ハーディ伝』によれば、『覇王たち』はもともと「行動している者の意識にとっては意思の発動の結果に見えて、実はほとんど機械的で、いわば反射運動のような行動」を描くべく意図されたのだという(Weber, 148)。それを具体化して、ナポレオン戦争という未曾有の混乱を題材に、戦乱のヨーロッパ全土をはるかな高みから鳥瞰図的に眺め下ろし、この戦争の中で戦略に知恵を絞り、作戦遂行に勇を奮う個々の政治家、個々の将軍たちの「意思」も、結局はヨーロッパ全土に網をかぶせたような「大いなる意思」の支配下にあって、その一部に過ぎないさまを描いたもの、それが『覇王たち』だったのである。

もちろん違いもある。ハーディの言う「大いなる意思」には一定の原理・原則がなく、「目的もなく無責任に、最も抵抗のない方向に向かって進むのみ」であるのに対し、ショーペンハウアーの言う「意思」にははっきりとした目的がある。〝生命の持続〟がそれである。「あらゆる個人は〝意思〟の具現であり、〝意思〟の本性は生きようとすることにある。つまり、意思とは〝生への意思〟のことである」。ショーペンハウアーが宇宙の意思に一定の目的を認め、ハーディの方は盲目的、機械的だというのには、〝体系〟を目指す哲学者と〝詩〟を究極の目的とする芸術家の違いがあるのかもしれない。それはともかく、こと『恋の魂』に関して言えば、二人の立場はまったく一致しているように思われる。すなわち、ピアストンをあれほど悩ませ、あれほど苦しめた〝恋の魂〟とはまさにショーペンハウアーの言う〝生への意思〟に他ならないからである。ショーペンハウアーが〝生への意思〟という概念を得た裏には、彼が自分の性的衝動の抑えがたさに悩み、自分の悪徳を嫌悪する果てに、やがて自分はむしろ犠牲者ではないかとの見方にたどり着いたためだと言われている。つまり、自分の性的衝動は、目に見えない大いなる原理の発現ではないかと考えたのである。自伝的資料に依拠して類推するのはよほど慎重であらねばならないが、ハーディもまた、当時それに似た心境だったのではないかとの推測にはある程度根拠がある。作家としての名声が高まるにつれ、様々な女性と接する機会もまた増えていった。本人の私生活の内実については、極力寡黙を通したあの『トマス・ハーディ伝』においてすら、当時のハーディが次々と自分の前に姿を現す女性たちに並々ならぬ関心を示している様子が透けて見えている。それはまさにピアストンそのものと言ってよい。そして、ショーペンハウアーがそうであったように、ハーディもまたそのような行動に駆り立てられる自分に、個人的な意思を超えた何か「大いなる意思」、“Life Force”とも言うべき力の呪縛を感じ取ったのではないだろうか。この作品が表面的な〝軽さ〟を装っているために、ここだけを見て男の不実・不道徳を正当化するための都合の良い理屈と取られかねないが、この「残酷な自然の掟」が男のみならず女をも苦しめるものであること、それがハーディの人間観、生命観の根本部分に前々からあったことは次の引用に明らかである。

寝部屋の空気は、娘たちの満たされることのない情熱でむんむんしているように思えた。彼女たちは、残酷な自然の掟によって押しつけられた本能の重圧のために、熱っぽく輾転反側した。彼女たちが予想もしなければ、望みもしない本能に。この日の出来事が、彼女たちの胸の中でくすぶる情動の炎を燃え上がらせ、耐え難いまでに苦しませた。彼女たちを個人として区別していたそれぞれの差異は、情熱という一点で抽象化され、誰もが性《セックス》と呼ばれる有機体の一部に過ぎなくなった。(『テス』、第二三章)

彼らが、残酷な自然の掟のために予想もしなければ望みもしない本能に苛まれ、そのために個人は抽象化され、性という有機体の一部と化す――これはピアストンの盲目的行動を背後で操るものと同じ構図である。〝恋の魂〟もまた「残酷な自然の掟」、人類一般を呪縛する「大いなる意思」そのものなのであり、ハーディの悲劇を要約する〝宇宙の内在意思〟とは、まさにこの〝意思〟のことであると断定したい気にさえなる。

だからといって、ハーディは個人の自発的意思・行動を全面的に否定しているのではない。ユースティシアやテスやヘンチャードは、最後まで自らの意思を貫こうと戦い抜く。それを一方で認め十分な同情を寄せながら、同時に人間を個人としてではなく単位として見る眼をも人間観の重要な一部として持ち続けた。彼の多くの作品に影を落とす運命的・宿命的気配は、このような人間観に発している。

このような彼の人間観は、やがてリアリズムが措定した自律性と自由意思を備えた個人という人間観への抵抗へとつながってゆく。そこに何かしら楽天的で、人工的なものを嗅ぎ取ったのかもしれない。というのも、人が生きてゆく上で遭遇する様々な出来事の少なからぬものが、自由意思を超えたものであるからだ。そのために悲劇が起こる。自由意思を超えたその力はしばしば超越的力である。例えば〝生への意思〟がそうであり、〝恋の魂〟がそうである。その一方で、この力は場合によって社会的性格を帯びることもある。例えば、階級社会という閉塞的社会がそうである。人間を悲劇に追い込む点において、これもまた個人の自由意思を超えた力となる。労働者階級を出自とするハーディがそのことに気づかないはずがない。そして、その現存の社会を正当化し、維持する仕組みの一環がリアリズムであり、リアリズムが前提とする人間観であった。そこでは、個人としての存在、個人としての自由意思が人間に認められ、現実社会のリアリティは透明なままに提示され得ると説かれた。つまり、階級社会が隠し持つ秩序維持、現状維持のメカニズムはすべて隠蔽されたのである。

『恋の魂』はそのようなリアリズムへの抵抗である。ここでは、現実をそのままに写し取るという見せかけ“verisimilitude”は最初から放棄され、ふんだんに抽象や歪曲や誇張を使って、逆にリアリズムが誇示する透明性そのものに疑問を投げかける。リアリズムが自らリアリティと呼ぶものは果たして本当にリアリティなのかと。またここでは、個人としての人間はユニットとされ、リアリズムが保証した自律性にも疑問符が付されている。それは、捏造された個別性を拒否し、ユニットとしての存在を自覚することによって社会や人間についての〝虚構性〟に気づかせるためかもしれない。そもそも、ユニットの存在自体に固有の意味はなく、意味は他の要素とどう組み合わされるかによって決まる。しかも、組み合わせは固定的なものではないので常に意味は変わり、常に恣意的である。嵐の海のボートのエピソードが象徴するように、恣意的な組み合わせによって恣意的な〝人間像〟が絶えず作られてゆくのである。ミシェル・フーコーの有名な「人間とはたかだかここ二〇〇年くらいの発明品に過ぎない」という言葉が、リベラル・ヒューマニズムが打ち出した人間観を否定し、その代わりとして、歴史的枠組みの中で常に恣意的意味を与えられてきたものとしての人間観を要約するものであるとすれば、『恋の魂』の中の、個人ではなくユニットとしての人間はまさにそれを先取りしたものと言えるかもしれない。

引用文献

Hardy, Florence, E., *The Life of Thomas Hardy*. London: The Macmillan Press, 1962.

Levine, George, "Realism Reconsidered," *Essentials of the Theory of Fiction*. Eds. Michael J. Hoffman and Patrick D. Murphy, Durham: Duke University Press, 1996, second edition.

Watt, Ian, *The Rise of the Novel: Studies in Defoe, Richardson and Fielding*. London: Chatto and Windus, 1957. London: Penguin Books, 1966.

Weber, Carl, *Hardy of Wessex: His Life and Literary Career*. West Sussex: Columbia University Press, 1940, revised edition 1965.

第一一章　ハーディ最後のフィクション
――『トマス・ハーディ伝』

一

ハーディ最後のフィクションと言えば、小説『日陰者ジュード』を思い浮かべるのが普通であろう。しかし、ここではそうではない。わざわざ〝フィクション〟とカタカナにして〝小説〟としなかったのもその辺の含みがある。私の言う彼の最後のフィクションとは『トマス・ハーディ伝』のことである。

ハーディの詩集のひとつ『めぐり合わせの皮肉』の中に「地図の上の場所」（'The Place on the Map'）という詩がある。ある日〝わたし〟が壁にかかっている地図に目をやり、「青い海に縁取られ、紫に彩られた突出した高地」に気づいたとたん、突然、あの日あの時のことを一瞬のうちに思い出す。「それは夏の後半の、暑い乾き切った日」のこと、彼女が〝わたし〟にいきなり重大なことを打ち明けたときのことだった。

ここにかかるこの地図は　その海岸と地点とを描き
それによってわたしたちの　前触れのなかった困惑を

すべてはっきりとわたしの目に再現する、
彼女の緊張をも　彼女の表情をも。

それまで何週間もわたしたちは　輝く青空の下で愛し合った
空は雨を降らす技を失っていた、後のこの日の彼女の目と同様に。
目の雨も失った彼女は　まるで手品のように
赤い光線でわたしたちの空を射抜くようなことを語ったのだ

なぜなら　このことすべての不思議と苦渋は
理性の領域でなら　わたしたち二人の心をともに喜ばせたはずのことが
秩序を維持する　かたくなな管理の下では
悲劇的な灼熱の光を帯びることであったからだ

だからこの地図は彼女の言葉　あの地点と時点　そして
わたしたちが翌年の夏までに直面せねばならないと思った一事を甦らせる
地図化された海岸は輝くように見つめている
すると海岸のエピソードが　パントマイムのように甦る

（森松健介訳）

なんとなくわけのありそうな若い男女を配して、二人が切なげに悩む姿を印象的な情景に仕立て上げる、これは初期の名作「灰色の風景」（"Neutral Tones"）以来のハーディの詩の常套的な手法である。その際、二人の悩みの原因については、多くの場合、曖昧のままに置かれる。そのほうが読者の憶測を刺激し、余韻を深める効果があることを作者は知っていたのであろう。この詩の場合もやはりそうで、相手の女から何か重大なことを打ち明けられた男が、その告白を聞いて途方に暮れている様子を、重大なことの中身を明かさないまま、謎めいた雰囲気の中に閉じ込めている。もしそれだけであれば、この詩は詩人の想像力が勝手に作り出した架空の光景、ハーディの言う"impersonative"な詩的遊戯の産物であり、謎は謎としてそのままにして置かれるべきものとなる。余計な詮索は却って詩を包む不透明な印象の奥行きを損ねてしまうことになるからだ。

しかしそれにしても、この詩の謎にはそれだけではすまない妙に誘い込むようなところがある。謎自体が解かれることを待ち受けているような、そんな気配である。そもそもこの詩は、詩人が地図に目をやった瞬間甦った若いころの思い出を詠っている。つまり、この詩に盛られた出来事は最初から地図の上の「あの地点」と、それが喚起した「あの時点」という、場所と時期の特定性がほのめかされている。詩の核心部分にあたる「前触れのなかった困惑」、「赤い光線でわたしたちの空を射抜くようなこと」の中身については最後まで mystic なままにしておきながら、それを取り巻く周囲の状況についてはかなり specific なのである。たとえば、場所については「青い海に縁取られ、紫に彩られた突出した高地」だと言い、時期については「夏の後半の、暑い乾き切った日」で、しかもそれは青空が何週間も続いて、日照り気味の年だったと言うのである。

果たせるかな、この詩を徹底的に specific なものとして、つまり詩人の空想の産物などではなくて、すべて彼自身のプライベートな経験に基づくものとして読み解いた人がいた。その人に言わせると、たとえば女が告白した「前触れのない困惑」とは彼女が妊娠したことだという。二人は正式な結婚はしていない。したがって、子供ができることは「秩序を維持するかたくなな管理の下では悲劇的な灼熱の光を帯びる」。「翌年の夏までに直面せねばならない」事とはもちろん出産のことであり、そこから逆算して二人が肉体関係を持ったのは前年の夏の終わりか、秋の初めということになってくる。それだけではない。その夏とは一八六七年の夏である。というのも、この年の夏は記録によれば「何週間も……輝く青空」が続き、降水量も例年に比べて極めてわずか、まさに「空は雨を降らす技を失った」年だったという。登場する男女も実在する人物であり、男はもちろんトマス・ハーディ、女は彼のいとこ、いや、それは表向きのことで実は姪のトライフィーナ・スパークスという女性であること[1]。

一九六六年ハーディに関する一冊の伝記が出版され、これがハーディ関係者の間で大きな反響を巻き起こした。著者はロイス・ディーコンとテリー・コールマンの二人、題名は『神の摂理とミスター・ハーディ』。もっとも、コールマンのほうはディーコンが発掘した資料および原稿を整理・編集して著書にふさわしい体裁に整える役割に終始したようで、直接の取材なり、その取材した資料に基づいて推論を組み立てたりしたのはもっぱらディーコンであるとされる。この本がセンセーションを巻き起こした最大の理由は、それまで明らかでなかったハーディおよび彼の身近な人々の私生活、特にそのセクシャル・ライフの裏面を大胆に暴き立てたからである。たとえば、彼は第一夫人エマと正式の結婚をする前に、いとこのトライフィーナ・スパークスと極めて親密な関係にあり、彼女との間に実は隠し子があったこと。ところがその後になって、二人はどうしても結婚できない事実が判明したこと。その事実とはトマス・ハーディとトライフィーナとの関係が、表向きの家系図にあるような、いとこ同士の関係ではなくて、実は叔父と姪の関係であったこと。というのも、トマス・ハーディの母親ジェマイマは、これまた婚前交渉の結果、隠し子をもうけ、その隠し子の娘がトライフィーナだったからということなど。その大胆な憶測は世間を驚かせるに十分なものであった。先ほどの「地図の上の場所」についてspecific

な読みの主はもちろんこのディーコンである。この本が出版された当時は依然としてハーディを偉大な賢者としてあがめ、彼の作品に盛り込まれたメッセージを普遍的人生哲学あるいは福音として尊重する風潮が残っており、そのためこの本はスキャンダラスな内容が冒瀆的であるとして激しい批判に晒されたのである。

しかし、そのような感情的反発は別として、この本の最大の問題点は、それら隠された〝事実〟を立証する際の方法論にあった。ディーコンは自らの仮説を裏づける証拠の多くをフィクションから採ったのである。「地図の上の場所」もそのひとつである。フィクションを手がかりとして伝記的事実を再構築することは文学研究の方法として最も警戒すべき方法だとされている。フィクションと事実との関係はいわば確定不可能な領域であり、同じ経験であっても作者によってフィクションとしてはまったく別の形をとることがあるからだ。若いころに手痛い失恋を味わった作者が、その心の傷の痛みをそのままテキストに持ち込むことは大いにありうる。しかし、その同じ体験がまったく裏返しにされて、恋の成就の至福を想像裡に詠い上げることだってある。作者の経験がテキスト化される際に通過する〝創作〟というプリズムは決して透明なものではない。複雑な屈折作用を伴うものなのだ。それは単に作者が意図的に経験の内容を変形してしまう場合だけを言っているのではない。作者がプライベートな経験をできるだけ忠実にテキストに移し変えようとしても、本来パブリックなものである〝言語〟を介するために変質させられてしまう場合だってある。ニュー・クリティックスたちが“intentional fallacy”として、作者の意図を視野の外に置いた理由のひとつがここにある。それよりもっと問題なのは、この方法が知らず知らずのうちに〝循環論法〟に陥ってしまうことである。テキストから推定された作者の生涯の見取り図、その時点では仮説であったこの見取り図が、やがてその後のテキストの解釈に準拠枠として応用され、それが度重なるにつれて仮説であったことが忘れられてしまう。そうやって得られた新たなテキスト解釈が再び新たな作者像を生むという循環である。ディーコンに対する最大の批判は、彼女がフィクションと事実との間に保たれるべき境界に対してあまりにも無神経であったということである。いかに確定された事実であっても、それを直ちにフィクションの解釈に結びつけること自体警戒を要するのに、ましてやフィクションから事実を〝捏造〟しようなどというのは許されないというのである。

フィクションと事実との峻別――しかし、それは口で言うほど容易なことではないのではないか。その証拠に、多くの人がハーディの〝伝記的事実〟の源泉とみなす『トマス・ハーディ伝』自体が一種の〝フィクション〟だからである。

二

とりあえずこの〝伝記〟が書かれた経緯を手短に整理することから始めよう。現在我々が手にしている『ハーディ伝』は一巻本になっているが、元々は前半と後半の二つに分けて出版されたものである。その前半部への前書きの中で〝著者〟フローレンス・エミリー・ハーディは次のように述べている。

ハーディはかねてから、自分の生涯の記録が残されるなどといったことにはまったく気乗りしなかった。それまでにも、思い出を書き残して置いてはとたびたび勧められながらもそのつど、それほど「自分を買いかぶってはいない」と断ってきた。ところがその後、多くの間違いだらけの歪曲された記述が彼の実体験であるかのように流布され、「伝記」と称して、いかにも実録であるかのように出版されるのを目の当たりにして、捨てておけなくなり、わたしのたっての願いに応じて、彼の生涯における事実を書き留めて、いつかそれらを公にする必要が生

じた際の用に当てることにしたのである。(Hardy, F., 序文)

この一文には実は重大な虚偽が隠されているのだが、それは後回しにして、『ハーディ伝』が書かれるようになった直接のきっかけとなったのが、「間違いだらけの歪曲された記述」であったことは事実だったようで、F・A・エッジコックのフランス語で書かれた『思想家・芸術家　トマス・ハーディ』は特に彼を怒らせ、英語への翻訳を拒否したくらいである(2)。

これら本人の意向を無視して勝手に書き上げられた伝記に対し、ハーディ自らが後世の人々に自分の真実の姿を伝え残すために第二夫人フローレンスに細大漏らさぬ資料および回想談を提供し、やがてそれらをもとにハーディ伝として最も権威ある本書が書かれたのである——となるはずであった。少なくともハーディ自身当初のもくろみはそうであったと思う。しかし、最も信憑性があるはずのこの『ハーディ伝』もまた、ある意味で「歪曲された記述」であることは周知の事実である。すでに述べたように、この伝記はハーディの最も身近にいたフローレンスが夫の全面的な協力を得て書いたものとして発表された。現に今でも著者はフローレンス・エミリー・ハーディになっている。しかし、最後の四章、本人の書き得ない自分の死の前後についての記述を除いて、後はすべてトマス・ハーディ自身が書いたものであることはすでに確定されている(3)。

先ほど、重大な虚偽が隠されていると言ったのはこのことである。つまり、これは〝自伝〟なのである。自伝だからなおさら事実に近いではないか、本人が自ら自分の人生を回想して語っているのだからこれ以上確かなものはない、というのは大いなる誤解である。むしろ、対象人物についての事実の検証という点で、自伝ほど取り扱いに慎重を要するものはない。その第一の理由は、自伝は本人がありのままの自分を語るというよりは、現在あるいは後世の人々に自分はこういう人間であったと記憶してほしい形での造型であることが多いことである。

以下は、R・L・パーディがこの伝記が実際に書かれたころのことを記述したものである。

一九一九年五月七日、ハーディはジョージ・ダグラス卿に次のように書いている。「このころは余りたいした仕事をしていません——もっぱら過去三、四〇年間に書いたものを廃棄（destroy）する毎日です」。さらに、一九一九年九月一一日づけでは「もっぱら、神様にも人様にもまったく何の役にも立たないあらゆる書付を廃棄するという憂鬱な作業に追われています」とある。（伝記の）執筆は秘密厳守の中で進められ、ハーディは夫人がタイプ清書を終えるや否や原稿を廃棄した。（中略）手紙類は仕分けされて数年単位で束ねられた。中には伝記に取り入れられたものもあるし、そのまま保存されたものもあるが、ほとんどは廃棄された。日記やノート・ブックから抜粋されたものもあるが、それらもその後ほとんどひとつ残らず廃棄された（もしくは「廃棄のこと」という付箋がつけられた）。（Purdy, 266）

これではまるで、記憶をたぐって細大漏らさず過ぎし半生を再構築するというよりも、自分の人生の痕跡をすべて廃棄する（destroy）作業のようではないか。実際、『ハーディ伝』が我々に与える印象も、その中にハーディの実人生のすべてが盛り込まれているというよりは、個人的に重大な事実のほとんどは抹消され、実像を隠蔽するためのカモフラージュのような断片だけが寄せ集められているといった趣に近い。ということは、『ハーディ伝』はむしろフィクションとみなされるべき種類のものであって、〝真実の記録〟として他の fictional texts に優越して、特権化されるべき性質のものなどではないかもしれないのだ。

そうなったのは、この伝記が書かれる契機およびその時の彼の周囲の複雑な状況が影響していると思われる。すでに述べたとおり、この書が書かれることとなった直接のきっかけは、ハーディがF・A・エッジコックの評伝に激怒したためである。複数の研究者の推測によれば、この評伝の前半部、ハーディの生い立ちを記した部分が直接の原因だろうという。石工頭の長男として、農村労働者階級の中で生まれた彼が、生涯、自分の出自について敏感であったことは、彼のせいというより、むしろ当時のイギリス社会の身分制度の過酷さを実感させるものである。しかも『ハーディ伝』を執筆し始めたころの彼は、数年前にイギリス国民としては最高の栄誉であるメリット勲位を授けられ、さらには、かつては冷たくその門を閉ざしていたオックスフォード大学を始めとする名門大学から競うように名誉博士号の授与を申し出られていたのである。ということは、彼自身の意思とは関わりなく、たとえ彼にその気があっても、赤裸々な〝告白論〟はもちろんのこと、ありのままを正直に書き綴ることと自体不可能に近かったのである。

もうひとつの理由は、ハーディの作家的体質そのものに関わる問題である。たとえ上記のような事情がなかったとしても、そもそもハーディが赤裸々な〝告白論〟の類を書くことなど考えにくいのである。というのも、彼のテキストに接した多くの読者が漠然と抱く作者像の中でもひときわ印象に残るのは、作者自身についての〝寡黙さ〟であるからで、登場人物たちの性格・行動について余すところなく明確に描きながら、自分を語ることについては頑なまでにこれを避けようとする傾向だからである。それが端的に現れているのは、彼が、いくつかの短編以外、長編ではついに一度も一人称単数の語り手を用いることなく、(4)常に第三者的語り手もしくは伝統的な全知の語り手しか登場させなかったことである。このことは、やむをえず伝記を書かざるを得なくなった彼が、その表向きの作者を当時の妻のフローレンスとするという奇妙な行動となって現れている。論者の中には、彼がこれを自伝としなかったのは、以前から作家志望であったフローレンスの意を汲んで、〝著書〟を持たせてやろうとしたのであろうと言う人もいる。そうかもしれない。しかし、それだけではあるまい。もう少しハーディの作家としての体質に関わる根の深い動機に発してはいなかったか。つまり元々、彼は「わたしは……」で語り始める一人称単数の形式、たとえ創作上の〝わたし〟とはいえ、物語の展開のそれぞれの局面で、自らの意識・無意識を含めた心的反応をさらけ出して形象化しなければならない作業に不向きな、〝寡黙な〟体質の作家ではなかったかと思われるのだ。

『ハーディ伝』をフィクション化せざるを得なかったもうひとつの原因は、自伝という形式が宿命的に持つ限界にある。もしこれが第三者の手になる伝記であれば、ある人物の全生涯は彼（あるいは彼女）の〝死〟という極めて自然なエンディングを持つことができる。人の一生の意義は棺を覆って後初めて明らかになるとよく言われるように、〝死〟こそは〝生〟を意義づける上で最も重要な締めくくりである。ところが、当然のことながら自伝にはナラティブとしてのこの重要な帰結点が与えられていない。そのために自伝の作者は自分のライフ・ストーリーを完結させるためには、〝死〟以外の帰結を案出せざるを得なくなる。つまり、〝死〟というエンディングの欠如を埋めるために、それに変わるフィクションを持ち込むことでしか起承転結を演出できないのである。それは〝結〟の部分には限らない。たとえば、『ハーディ伝』の起承転結の〝起〟の部分、彼が生まれてから青年になるまでのおよそ一五、六年を見てもわかる。この部分は二つのフィクションの糸から成っている。一つは、『緑樹の陰で』、『はるか群集を離れて』などに横溢する牧歌的トーンである。当時の農村社会が置かれていた経済的・社会的実情の暗い側面――農民たちの貧困、階級差別、都市化による農村共同体の崩壊――は最小限に押さえ込まれ、無邪気でノスタルジックな逸話や伝説、平和で調和的なパストラル的気配が前面に押し出されている。国民的作家になりおおせた〝文豪〟の胸に今も疼く幼いころの階級差別による苦い体験――その苦さを中和し解消するために、富や地位や学歴などとは無縁のパストラル的世界に自らの出自を紛れ込ませたというふうには考えられないであろうか。

二つの糸のもう一つは、逆境にもめげず幼いころより刻苦勉励、自らの知的・精神的向上に邁進するけなげな少年、働きながら学ぶ auto-didact の模範としてのハーディ少年の姿である。つまり、伝記の最も代表的パターンである「教養小説」(Bildungsroman)、あるいはヴィクトリア朝的セルフメイド・マンとしての造型である。

改良された新製品が物珍しい田舎の村、羊飼いと農耕者の世界から、毎日三マイルを歩いて町に通う彼の目には、田舎の暮らしと都会の暮らしが背中合わせのように見えた。この外なる風景に彼の内なる心的風景の詳細を付け加えるなら、それはアカデミックと言っていいものだった。(中略)朝の六時から八時まで『イリアス』、『アエネイス』あるいはギリシャ語の『聖書』を読んだあと、終日、ゴシック建築を学び、夕方になると腕にバイオリンを抱えて(ときどき第一バイオリンの父と、チェロの叔父とが一緒のこともあった)、遠く離れた休閑地にある篤農家のお屋敷に駆けつけ、結婚式や洗礼やクリスマス・パーティでのカントリー・ダンス、リール、ホーンパイプ・ダンスのための演奏に加わり、帰りは夜が明けるころなどということも時にはあった。(Hardy, F., 32)

これも全てフィクションだと言おうとしているのではない。ただ、別の意味でフィクションに関わっていることを言いたいのである。そのことについては次節で述べる。

三

伝記作家ならば必ず取り上げるハーディの幼いころについての有名なエピソードがある。

この頃ないしはややこれより後の、とりわけ彼の記憶に残っている出来事として、陽を浴びながら仰向けになって寝そべり、いかに自分が役に立たない人間かという思いに駆られて、顔を麦藁帽子で覆ったことがあった。日光は麦藁の間から筋状に差し込み、帽子の裏地が見えなくなった。これまでの自分の経験を顧みて、彼はこれ以上大人になりたくないという結論に達した。他の男の子たちはいつも大人になったときのことを話し合っていた。だが、彼は大人になりたいとも、財産を築きたいとも思わなかった。ただ、今のままの状態で、この場所に居続け、すでに知り合った人(五、六人)以上の人に知り合いたいとは思わなかった。(Hardy, F., 15-16)

ところで、これとそっくりの場面が小説『ジュード』の最初のほうに出てくる。

ジュードは外へ出た。自分の存在が誰からも必要とされていないことをこれまで以上に痛感しつつ、彼は豚小屋の近くの寝藁の上に仰向けになって寝そべった。霧はこのときまでにいっそう薄くなっていて、太陽の位置が透けて見えた。彼は麦藁帽子を顔にかぶせて、藁の織り目の隙間から白い輝きを見ながら、ぼんやりと考えた。大人になることは責任を抱え込むことだ。(中略)もし、大人になることを防げるものなら。彼は大人になりたくなかった。(『ジュード』第一部、第二章)

ハーディが繰り返し否定したにもかかわらず、この小説が自伝的要素の濃厚な作品とみなされている理由の一つは、この二つの部分が酷似していることである。ハーディ自身の少年時代の記憶が少年ジュードにそっくりそのまま移し換えられたものと考えられたのである。

ところで、小説『ジュード』が発表されたのは一八九六年である。一方、彼が『ハーディ伝』に着手し始めたのは一九一七年頃のことだとされている。つまり、フィクションのほうが伝記に二〇年先行しているのである。だとすれば、先の二つの引用文の掲げ方の順序はむしろ逆にすべきだったのではないか。そうすれば、自伝的要素が小説の中に持ち込まれたのではなくて、小説的要素が自伝に持ち込まれた、『ハーディ伝』中のトマス少年がジュード少年になったのではなくて『ジュード』中のジュードを模してトマス少年が書かれたもの、と解することも可能になってくるのではなかろうか。確かに、二人のその後の人生は結果において大きく隔たっている。しかし、傷つきやすい精神を持つ多感な少年、年齢の割には早すぎる生への漠然とした不安、そのような幼い頃のジュード少年の造型は、貧しい環境から身を起こし、幾多の挫折を経てやがて国を代表する〝文豪〟にまで大成する一人の〝セルフメイド・マン〟の幼いころのイメージとして〝流用〟するにいかにもふさわしい姿ではなかったろうか。時間的順序を逆転させて、『ハーディ伝』を先行テキスト、小説『ジュード』をそれに基づく創作テキストとする従来のような見方は、考えてみれば不自然である。ハーディがかつて書いた記述とほぼ同じものが二〇年後に再び見出された場合、一般には、後者は前者の繰り返し、同じもののバリエーションと見るほうが自然だからである(エンジェル・クレアはヘンリー・ナイトのバリエーションだという言い方は可能であるが、その反対の言い方はまずないであろう)。にもかかわらず、この場合『ハーディ伝』の記述が原点であって、『ジュード』はそこから派生したものとさせられてしまうのは、おそらく前者が自伝であって後者がフィクションであるとされてきたからであろう。つまり、ここでは『ハーディ伝』がテキストとして〝特権化〟されているのである。しかし、この本のフィクション性が明らかになった現在、そのような特権化は果たして妥当なものであろうか。「人間にはいつまでも心のどこかにわだかまり続ける原体験というものがあって、作家の場合それがいつの日か作品となって形象化する。それが先の二つの引用文の原点であって、順序は関係がない」というような言い方もできるだろう。その可能性を認める一方、たまたま自伝を書くことになった作家が、そのラフ・

ストーリーを構想しているうちに、自らの創作になるフィクションが無意識に自伝の中に還流し、〝事実〟として紛れこむ可能性だって同じぐらいにあるのではないか、それをわたしは言いたいのである。

四

ディーコンを弁護しようと言うのではない。彼女のようにフィクションを土台に〝真実〟を再建しようとすることにはやはり問題がある。しかし、私が言う問題とは、彼女を厳しく非難する多くの人々のそれとはやや違う。彼らはディーコンが真実を究めるための方法としてフィクションに過重に依存した方法を責める。もっと事実に即したアプローチを採るべきだと。そして、ここで言う事実とは『ハーディ伝』が代表するような事実、つまり作家の実人生のことである。それはそんなに簡単に確定できるものなのであろうか。彼らとて『ハーディ伝』が粉飾された伝記であることをある程度認めないわけではない。しかし、たとえばあの中に組み込まれた日記やノートなどは、その時々にハーディが感じたまま、思ったままを書き留めた、ほとんど手の加えられていないストレートな声であると言う。確かにそれら断片の一つ一つは個別に取り上げれば、素直に額面どおり受け取っていいように思われる。しかし、問題は先にも述べたとおり、あれらの日記やノートはそれ以前に廃棄された膨大な量の他の日記やノートのほんの一部、しかも彼が構想した『ハーディ伝』の全体的枠組みを損ねる恐れのないものだけであることを忘れるべきではない。〝寡黙〟なはずのハーディが廃棄を免れさせた断片のそれぞれは、それなりの理由・作為があって残されたと考えたほうが賢明ではないだろうか。

前章までの私自身の論述において、何回か根拠を『ハーディ伝』に求めておいてこんなことを言うのはかなり勇気のいることなのだが、この際、思い切って『ハーディ伝』を完全なフィクションとみなしてみてはどうであろうか。そう割り切ることによって、この本が持っている曖昧な特権的地位を解消し、この本のマスター・コード的権威、すなわち他のテキストについてなされるさまざまな解読・解釈に対し、その妥当性を保証する機能を薄め、他のテキストと同列に置いてみたらどうであろうか（ただし、あくまでも他のフィクションと同列に置くということであって、この本が作品解釈のレファレンスとしてまったく無効だというのでは決してない）。表面的な対立にもかかわらず、ディーコンと彼女を批判する人々との間には実は共通点がある。作家の実像を回復することが可能であるとする立場である。両者の違いは回復方法が違うことだけなのだ。したがって、彼らにとって『ハーディ伝』は、ハーディの他のフィクションとは別格の、他のフィクションを読み解くためのマスター・コード的テキストである。ディーコンが非難されたのは、彼女がこのマスター・コードを勝手に書き換えようとしたことにあるのであって、彼女自身マスター・コードとして特権化されたテキストの重要性を認める点では彼ら以上なのである。私が、彼女に問題があると言うのはそのことである。結局我々は、複雑な絨毯の模様のようなハーディのテキストの中から、自分の気質に合った、しかも人に対しても十分説得力を持ちえるような〝意匠〟を読み取るしかないのではないか。自伝という特権化されたテキストや〝事実〟という権威に依拠して自分の解釈を正当化しようという誘惑には逆らいがたいものがある。しかし、自伝にしても事実にしても、何がしかのフィクション性を免れることはできない。『ハーディ伝』中のハーディのノートや日記の断片は、確かに local truth としては貴重なものであるが、それらの集合体がかつて実在した作者ハーディについての whole truth たりえないことはすでに述べたとおりである。だとすれば、我々の読みが有効な読みであるか否かは、その新しい読みが元の絨毯をより豊かでより奥の深いものに見せることができるかどうかにかかってくるのであって、〝事実〟による認可によってではない。『ハーディ伝』をフィクションと割り切り、さらには、『ジュード』の場合に見たように、フィクションが〝伝記〟の中へ還流することもありえることを考えれば、ディーコンの〝読み〟はあながち全面的に否定されるべきものではないのではないか。表向きの意図はともかく、結果として彼女が行ったことは、fictional textsを基にハーディの実像というもう一つの〝フィクション〟に新たな解釈を持ち込もうとしたことなのであるから。ハーディの人生の隠された〝真実〟が明らかになったという彼女の主張の方には同意を保留しておくとして、少なくとも彼女が立てて見せたいくつかの仮説は、それまで不透明なベールに包まれ、読者にもどかしい思いをさせてきたハーディの小説や詩のいくつかに、くっきりとした輪郭を与え、「元の絨毯をより豊かに、より奥の深いものに見せる」ことに関しては少なからぬ貢献をしているように私には思えるのである。

注

（1）Lois Deacon and Terry Coleman, *Providence and Mr. Hardy*. Hutchinson of London, 1966, pp.184-85. ただし、Robert Gittingsは、独自に集めた詳細なデータを基にディーコンの推測の逐一に論駁した（*Young Thomas Hardy*, 1975）。これによってこの問題にけりがついたかに見えたが、その後John R. Dohenyが新たなデータを用いてGittingsに再反駁（'The Youth of Thomas Hardy,' *The Thomas Hardy Year Book*. Eds. Stevens Cox and G. Stevens Cox. Mt. Durand: Toucan Press. 1984, pp.1-115.）、〝事実〟の確証が如何に困難であるか、いかなる事実も〝解釈〟次第であることを印象づけている。

（2）例えば、Ian Gregor and Michael Irwinによる"Your Story or Your Life?: Reflections on Thomas Hardy's Autobiography" (*Thomas Hardy Annual*, No.2, 1984, p. 139) 参照。

（3）Michael Millgate, *Thomas Hardy: A Biography* (Oxford University Press, 1982), p. 516 参照。Millgateによれば一九四〇年に

Richard L. Purdy が自らの講演の中で初めてそれを明らかにしたのだという。

（4）ただし、結局、出版されることのなかったハーディの〝幻の処女作〟*The Poor Man and the Lady* は一人称単数で書かれていたが、この失敗に懲りたハーディは二度とこの手法を使わなかった。

引用文献

Hardy, Florence E., *The Life of Thomas Hardy 1840-1928.* Basingstoke: The Macmillan Press, 1962.

Purdy, Richard L., *Thomas Hardy: A Bibliographical Study.* Oxford: The Clarendon Press, 1954.

第一二章　現代批評理論とハーディ

一

本章は、日本ハーディ協会が設立五〇周年を記念して上梓した論文集『トマス・ハーディ全貌』に寄稿を求められた際に書いたもので、その時私に求められたのは、現代批評理論を援用した上で、ハーディ文学に対しいくつか新たな解釈を試みてほしいというものであった。難しい注文だとは思ったが、それ以前に書いた何本かの論文の構想段階で、批評理論からはさまざまな斬新な切り口、従来の定見を覆す読み方のヒントを与えられていたので、それを振り返りながら、なんとかまとめてみようと思い立った。したがって、本著をここまでお読みいただいた方はすぐ気づかれると思うが、すでに読まれた内容と一部重複する部分がある。これは本論の趣旨からいって仕方のないことで、ここまでに書いてきたものは、理論に触発されて私が具体的に論文として肉づけしたもの、これからの内容は、逆に、各論文のヒントとなった理論をかいつまんで説明するもので、望遠鏡を一方から覗くか、他方から覗くかの違いしかないからである。

とはいえ、かれこれ半世紀の間、豊穣かつ複雑な展開を見せた批評理論のいくつかを、ハーディを介して整理・

回顧してみることは決して意味のないことではなく、あえて重複を冒してでも本著につけ加えたのもそのためである。

二

やや旧聞に属するが、ペンギン版のハーディのテキストがそれ以前のものに比べて、かなり大胆な「模様替え」に踏み切ったことにお気づきの方は多いと思う。最も目につきやすいところでは、表紙の図柄のトーンが大きく変わった。私は今『青い目』の二つのバージョン、一九七五年のマクミラン版と一九九八年のペンギン版を手許に置いているのだが、マクミラン版の表紙はごく普通、というか、ややお手軽で、当時の衣装を身につけた男女が、小説の一場面をタブロー風に演じているのをカラー写真に収めたものである。面白いのは、この表紙の上半分ほどのスペースを鬱蒼たる木立の緑が覆っていることで、「いかにもハーディの小説にふさわしいだろう」と言わんばかりである。一方、ペンギン版の表紙はそれとはがらりと趣を異にしている。こちらはモノクロ写真のようだが、正確にはアルブミン・プリントというようで、卵白か何かを使った製版方法らしい。それはともかく、そこに写されている女性の顔の大写しは極めて印象的で、明らかに何かのメッセージを込めた表紙であることを窺わせるのである。というのも、この図柄には、緑樹も羊も見られない、つまり「ハーディらしさ」がまったく無いからである。また、この女性の顔は決してかわいくもないし、おとなしそうにも見えない。年齢的にも若いと呼ばれるぎりぎりのところのように見えるし、表情には、何かを思い詰めた様子が見られる一方、その目には強い意思が込められているように感じられる。

要するに、当時の写真を使ったペンギン版の表紙にはどこかこの小説の読み直しを迫っているような気配がある。従来、かわいくて、おとなしくて、従順な若い娘とばかり見られてきたエルフリードを、もっと別の目で見る必要がある、彼女は決してかわいいばかりではないし、おとなしく従順で控えめな理想的タイプの女性ではない。そのような鋳型にはめ込んだ見方には、どこか胡散臭いもの、どこかそういう風に読むことを使嗾しようとするものの影が感じられる。これを拡大して言えば、ことは単にエルフリードに留まらない。テスにしても、スーにしても、いや、ハーディ文学そのものが依然として型にはまった解釈の中に閉じ込められているのではないか。その型を取り払った時にどのようなハーディ文学の相貌が明らかになるか、少々大げさかもしれないが、この表紙のメッセージとはそのように要約できるのかもしれない。

先の論集で私に振り当てられた題目は「現代批評理論とトマス・ハーディ」という極めて厄介なものである。厄介という理由は、そのフィールドの広さと、これまでの経緯の複雑さである。「現代」というからには、一九六〇年代後半の構造主義の爆発的流行を起点にするのが普通だが、あれからすでに五〇年がたとうとしている。その間、ポスト構造主義、フェミニズム、読者反応批評、ナラトロジー、新歴史主義、脱構築理論、ポストモダニズム、カルチュラル・スタディーズ、さらにはクイアー・セオリーまで枚挙に暇がなく、まさに百家争鳴、とてもこの程度の小論で扱いきれるものではない。しかも、変化のスピードは目が回るほどで、新しいと思われていた理論があっという間にさらなる理論に取って代わられ、その「新鮮さ」を失ってしまう。ここは開き直るしか手がない。それらイズムの歴史的展開の経緯とか、それぞれの理論の主張内容とかは、すべて省略させてもらう。もっぱら「トマス・ハーディ」に力点を置いて、彼の文学との絡みのみで論じていくことにする。具体的には、私がこれまで読んだ中で強く印象に残る論文、目を開かれる思いをした視点などを紹介し、同時に、私自身が批評理論に啓発されてこれまで試みてきた論文などを織り交ぜて、何とか課題を果たせたらと思っている。

要するに、無理に「新しい」理論を取り上げるのではなく、今では幾分古いと思われるものでも、ハーディ研究に大きく地平を開いたという観点から選ぼうと思う。

三

『青い目』の表紙に話を戻そう。一九九八年のペンギン版の模様替えは表紙の問題に限らない。もっと重要な変更が行われた。それは、ハーディの小説というとき、どのバージョンを底本とするかの問題、いわゆるテキスチャル・スタディーズの問題である。従来の慣行は一九一二年にハーディ自身が全面改訂に手を貸したウェセックス版であった。しかし、一九九八年のペンギン版の総編集長になったパトリシア・インガムは違った。彼女はあえて最初の単行本を底本としたのである。ごく初期の小説を除いて、ハーディのほとんどの小説は複雑な刊行過程を経ている。最も多いのは、まず何回かに分けて雑誌連載された後、単行本にまとめられるケースである。その過程で当然ながら改訂作業が行われる。さらに、彼が執筆活動を重ねた結果、まとまった形を取れるようになると全集が出される。一八九五～六年のオズグッド・マッキルベイン版、一九一二～一三年のウェセックス版、一九一九～二〇年のメルストック版などがそうで、これら全集が出されるたびに、作者による改訂が多かれ少なかれ行われたのである。特に目立つケースは『はるか群集を離れて』で、最初に『コーンヒル』という当時の超一流雑誌に連載されたこの小説は、そもそも手書き原稿が雑誌社に渡された段階で様々な改訂を強制されたのである。この問題についてはローズマリ・モーガンの『消された言葉』(1)に詳しいので、ここではこれ以上踏み込まないが、ただ、このような改訂が単に誤字・脱字を訂正したり、文章をより洗練されたものにする作業に留まらなかったことに留意しておく必要がある。これが例えばシェイクスピアなどの場合であれば、テクスチャル・スタディーズは特に目新しい研究方法ではないであろうが、ハーディの小説に応用されると、それとは違った様々な問題が浮き彫りになってくる。例えば、当時の作者と編集者との力関係、出版をめぐる経済的状況、小説の内容をめぐる倫理的・道徳的摩擦、想定されている読者層などなど。さらに具体的には、誰からどのような介入があり、その介入に対してハーディはどう抵抗し、どう妥協したのか、介入なり検閲は特にどのような点をめぐって集中し、どのような点では寛大に扱われたのかなどの問題。要するに、最新のテクスチャル・スタディーズが目指すのは、一つのテキストが「生産」されるまでにかかる有形・無形の圧力、イデオロギーによる関与、社会的・文化的背景などを、それぞれのテキストが経た改訂・校訂の履歴を検証し直すことによって明らかにしようとすることなのである。その結果、例えば階級社会への批判、男女の性愛の問題などが特に検閲の対象になっていたことが明らかになると同時に、各テキストが度々の改訂を潜り抜ける中で、その時その時の時代の微妙な文化的空気の変化を反映し、表現や設定を「調整」していった経緯もまた明らかになってきている。

私がまず最初に最新のテクスチャル・スタディーズの現状を紹介したのは、読みつくされ、語りつくされたかに見えるテキストも、これまでにない斬新な分析方法さえ確保できれば、まったく違った相貌をあらわにすることを言いたかったからである。テクスチャル・スタディーズの大胆な主張の一つ、「たとえ作者であってもテキストに手を加えるべきではない」は、テキストが特定の時代背景、特定の社会構造、特定の文化風土の中で生産されたことを重視しようというもので、新批評、脱構築理論などの ahistorical なアプローチとは異なる姿勢を打ち出したものであり、そのことによって、これまで看過されてきたさまざまな問題を提起することになったのである。テクスチャル・スタディーズそのものは、狭義の「理論」には入らないかもしれないが、ハーディ文学への新しい視点を切り開いたという点では「批評理論」に含めていいと思う。つまり、このような方法は私が学生であったころには考えもつかなかったアプローチで、当時「ハーディ」はもっぱら運命論、悲観主義、ロマン派的自然、男女間の愛、宇宙の内在意思などのタームで語られるのみであり、あるときなど、私が「ハーディの小説におけるエロティシズム」とうっかり口にした時、当時のハーディ研究の大家から顰蹙を買ったことを覚えている。「セクシュアリティ」がハーディ文学の最も重要なテーマであるとの認識が広く行き渡った現在に比べて隔世の感がある。それでもなお、今でも頭から「理論」を嫌悪する人が少なくなく、そんな人にはヒリス・ミラーの名言「理論が嫌いだというのも立派な理論である」を借りて応ずることにしているが、この後、私が紹介するいくつかの現代批評理論の代表的論文が、少しでもそのようなアレルギーを解消し、ハーディ文学の新しい地平を開く上で理論が果たした役割を確認していただけたら幸いである。

四

前述したように、本論は「現代批評理論」を時系列的に追うものではないので、各アプローチを取り上げる順序はまったく恣意的である。私に強い印象を残したという点で、まずフェミニズム的アプローチを取り上げることにしたい。ハーディ文学の読み直し作業においてフェミニズムの果たした貢献は絶大で、優れた女性研究者が輩出、優れた著作が多く世に問われた。前述のパトリシア・インガムを含めてペニー・ブーメラ、ローズマリ・モーガンその他数え上げていけばきりがない。私の目から見て、その中で最も早く、最も説得的なハーディ論を展開したのはエレン・ショウウォルターで、「フェミニスト詩学に向けて」の中の『カスターブリッジの町長』に関する論文はフェミニズム批評の有効性を立証するものとして傑出している。彼女の主たる目的は、従来、女性の主義・主張拡大への努力が、理論的・哲学的基盤構築を忌避して、ややもすると感情的異議申し立てに終わるか、そうでなければ、理論を見下して実践活動を重視するかに偏ってきたことを批判し、きちんとした「詩学」を確立しようと呼びかけたもので、女性を読者に据えて読む文学の読み方、フェミニン・クリティークと、女性が書いた文学を考えるガイノクリティックスの二つの柱からなっている。『町長』論はその中のフェミニン・クリティークの実践例として挙げられたもので、そこでは徹底的に男性によるこの小説の読み方の不備が指摘されている。男性的読み方の代表例として挙げられているのはアービング・ハウで、彼の文章の一部が引用されている。その中で、ハウはこの小説の冒頭部分を絶賛し、ヘンチャードが「不平を抱え込みながらじれったくなるほどひたすら受身のままの、垂れ下がるぼろのような女を捨て去」ったことは、「男のファンタジー」を巧みにくすぐるものであると書いたのである。私自身もこの作品の冒頭部分を高く評価し、ハウの読み方にはある程度共感を覚えていたので、ショウォルターの指摘を読んで意表を突かれた思いがした。つまり、私がハウの読み方に共感を覚えたのは、私がハウと同じ男性の読者だったからである。

よほど深く男性文化と同化するように教え込まれた人でない限り、普通の女性がこの場面を読んだとき感ずるものは、これとはまったく違うものである。私がハウを引用したのは、第一に、男性批評家の男のファンタジーがテキストを歪曲していることを示したかったからである。(Showalter, 171)

ここでショウォルターが「歪曲」と言ったのは、テキスト自体はスーザンについて「垂れ下がる」とか「不平」とか「受身」などの言葉を使ってはいないからである。ことは「歪曲」だけではすまない。男性の読み方はある重要な点を見逃してきた。すなわち、スーザンだけが売り飛ばされたのではなく、子供も一緒だったこと、特にその子供が女の子だったことである。ショウォルターによれば、ハーディはもともと、女の子は二人いて、一人だけ売り渡すことにしていたという。しかし、その後ハーディは考え直して、最初から夫婦には一人だけしか子供はいなかったことにした。それは、女を二人とも売り飛ばすことによってヘンチャードが絶縁しようとしたのは、女の世界そのものであることを象徴させたかったからだと言うのである。このショウォルターの指摘は、極めて説得力があるとともに、これまでの読み方がいかに一面的（男性の視点からのみの読み方）であったかを指摘するものであった。

ショウォルターが『町長』論で試みたアプローチは、結局、フェミニズム批評全体の最も基本的なアプローチを要約するものである。つまり、文学全体を、特に「正典」とされてきた作品を徹底的に女性の視点から読み直してみるということである。このような女性の側に立った読み方がなければ、「屋根裏の狂女」はいまでも「狂女」のままであったかもしれないのである。と同時に、フェミニズムによる読み方は、その後の新しい理論に道を開くもので、ポストコロニアリズムにしても、カルチュラル・スタディーズにしても、基本は、従来の西洋・男性・白人文化の読み手から、被植民地人による読み方、大衆文化の側に立っての読み方への視点の転換だからである。

五

次にテリー・イーグルトンを始めとするマルクス主義文学批評を取り上げてみよう。この一派も歴史は長く、また主要な理論家も多彩であり、その主張も重なり合う部分もあれば、対立する部分もある。ここではイーグルトンが最も重要なテキストの読み方とみなす「木目に逆らって」読む読み方（もともとはベンヤミンが提唱したもの）を紹介したい。ただし、その読み方を説明した後の実践例は、私自身がかつてその方法に倣って書いた論文の一部を援用することにしたい。

この一派の批評家が最も重要視する概念は「イデオロギー」の概念である。具体的には、リアリティ、イデオロギー、文学テキストの三者の関係をどう定義するかの問題となってくる。ただし、ここで言うイデオロギーとは従来のような「経済的ないしは政治的理論の基礎をなす諸観念ないしは諸理念の体系」のことではなく、ルイ・アルチュセールの打ち出した「個人が生《なま》の経験をイメージ化する際に働きかけるすべての表象体系」のことであり、この表象体系は目に見えない形で、支配勢力、特定の利害勢力にコントロールされていると考える。この考え方では、生のリアリティなるものはありえず、それはすでにしてイデオロギーによって「加工」されたものであり、その加工されたリアリティが、テキストにおいて再加工される。だとすれば、テキストを「木目に沿って読む」ことは、テキスト中に埋め込まれた特定のイデオロギーに操られて読むことであり、最終的にはそのイデオロギーを追認したり、再生産することに繋がる。そこで必要になるのが「木目に逆らって読む読み方」なのである。

『はるか群集を離れて』はパストラルとしてはほぼ完璧な作品で、長い伝統を持つこの文芸形式に必要な要素がすべて整えられている。しかし、それはあくまでも表面上のことであって、表面下では様々な要素がせめぎあっている。男勝りで勝気な女農場主バスシバが何回かの男性遍歴を経た後、人間的に成長し、最後に、もっとも彼女にふさわしい相手ゲイブリエルとめでたく結婚、円満な解決に至る、というのはあくまでも表面上の流れでしかない。表面下には、それとは逆のもう一つの流れを見ることができる。それを一言で言えば、この小説が「じゃじゃ馬馴らし」を隠されたテーマにしているということ、もう少し改まった言い方をすれば、伝統的家父長主義の体制に不遜にも挑戦した〝じゃじゃ馬〟を男が三人がかりで〝結婚〟という檻の中に追い込み撓めることに成功した物語であるということである。

　では、なぜ彼女は撓められなければならなかったか。それは、伯父の急逝によってバスシバが思いがけず大農場の女経営者となり、農場経営という伝統的男の領域への闖入者となったからである。しかも悪いことに、「結婚して男の所有物だと思われるのが厭なの」と公言してはばからない彼女は結婚する気がまるで無い。結婚こそは、手に負えない女を手に負えるように馴致する唯一の制度だというのにである。男たちは様々な手を使ってこの〝男勝り〟のバスシバをもう一度〝女〟に戻そうとする。その最も典型的エピソードが彼女とトロイ軍曹の初めての出会いの場面である。暗闇の中でたまたま遭遇し、彼の拍車と彼女のスカートの裾とが絡まったことから二人の関係は始まる。彼はいきなり問いかける。「あんたは女かね？」「ええ」「俺は男だ」。これはかなり異常なやり取りである。こういった場合普通なら「何者か」、「ここで何をしているのか」、「どこの住人か」などの質問がなされるはずなのに、それらすべてを無視して、トロイは初めから自分を「男」、相手を「女」と決めつけてくるのである。アルチュセールの言う“interpellation”である。これを皮切りに、じわじわとバスシバへの「女性化」が進められる。「あんたほど魅力的な女性はいない……本当のことを言ってどこがいけないんだ」というトロイの見え透いた甘言に対して、「『だってそれは、それは間違ってますもの』彼女は女っぽい口調で言った」（強調筆者）と答えるバスシバは、すでにして女性化の罠にはまりかけていることを示している。

　この物語のごく初めの部分で、一目ぼれしたオウクがバスシバに求婚に行く場面がある。以下は、それに対する彼女の返事である。

　うまくいかないと思うの、オウクさん。私には誰か私を手なずけて（tame）くれる人が必要なの。あなたにはそ

れができないでしょう。(『はるか群集を離れて』第四章)

要するに、この物語はこのふたりの力関係が逆転するまでの物語、すなわち、過剰なまでに自立心の強いバスシバをオウクが最後に「手なずける」ことに成功するまでの物語だったのではなかったか。表面的には、虚栄心とプライドの塊のような未熟な若い娘を数々の経験を経させて精神的成長へと導く経過に見せて、その実、彼女の独立を押さえ込み、巧妙に結婚へと誘導して、そのセクシュアリティを管理し、農場の経営権を男の手に取り戻すまでの「じゃじゃ馬馴らし」の物語ではなかったのだろうか。

正直言って、この小説のこのような読み方に対して異論なり、アレルギーなりが予想される。それはそれで構わない。私はこの小説をこのように読むべきだとは一言も言ってない。このように読むことも可能だと言っているだけである。それは、現代批評理論が説く「テキストに対する読みの優位」に賛同するからで、そのことも含めてマーク・カリーはポスト構造主義以降の理論、特にポストモダニズム以降のナラトロジーの変化を次の三つに要約している。(一)発見から創造へ、(二)統一から多様性へ、(三)詩学から政治へ。ここでは(一)についてだけ触れるが、「発見から創造へ」というのは、

第一の変化——発見から創造へ——というのは、ナラトロジーを客観性を持った科学に見立て、対象となる物語の中にフォーム上の、また構造上の内在的特性を発見しようとした従来の科学的態度からの大幅な転換を反映するものである。ポスト構造主義的ナラトロジーはナラトロジー的分析が無色透明なものであるという前提を脱して、どれほど客観的で科学的であろうとも、その対象を作り上げるのは読みであると認識するに至った。(Currie, 2-3)

つまり、作者の意図ないし意味はテキストの奥に埋め込まれていて、解釈というのはそれを発掘する作業であるという立場を否定し、意味そのものは読み方次第で決まってくるという立場に変わったということである。つまり、読みがテキストを「創造」すると言うのである。

六

次に「脱構築批評」を取り上げようと思うが、正直言ってあまり気が進まない。一口に脱構築といっても、それが投げかけた問題は多様で、何をもって脱構築というのか、それすら議論が分かれるはずだからである。私の印象では、脱構築は文学テキストの分析というより、西洋の伝統的形而上学が内包する諸問題を原点に立ち戻って検証するという哲学的営為であるように思われるのである。その原点というのが「現前」の問題で、乱暴な言い方をすれば、西洋形而上学はあまりにも現前を特権化しすぎたために、それ以外の考え方を封じてきたのではないか、それが彼らの主張の中心かと思う。具体的には、例えば「存在」が常に「不在」に優先されてきたが、実は「不在」があって初めて「存在」が可能になるのであって、不在のない存在はありえない。言語の世界を例に取ると、伝統的に writing よりも speech が特権化されてきたのは、speech の場合、話者がその場に存在するからであり、writing が劣位に置かれたのはその存在が無いためである。また、時間の概念についてもそうで、これまでは、その存在を実感しうるということで「現在」が特権化され、「過去」や「未来」は現前しないが故に劣位に置かれてきた。しかし、考えてみれば、「現在ただいま」という時点はそれ独自で明確な定義を確保しうるものではなくて、常にそれに先行する「過去」の影の下、過去とのつながりによって初めてその姿を明確にするしかない。さらに、「現在ただいま」は過去との関係だけではなく、やがてやってくる「未来」によっても影響される。「現在」の意味づけは、未来がどのようなものであるかによって大きく変わってくるからである。

もちろん、このような考え方は脱構築理論のごく一部に過ぎないが、あえてこの点に的を絞ったのは、この理論を実践的に用いて多大な成功を収めた数少ない例として、ヒリス・ミラーの『小説と繰り返し』が念頭にあるからである。

脱構築の考え方を要約するフレーズとして、「常にすでに」(always already) というのがある。「常にすでに」とは、要するに、先行するものを持たずすべてがそこから始まる「原点」という概念を否定するためのもので、常に何かがすでにあると考えるのである。ただし、その「何か」を究明しようとはしない。そうすれば、解体しようとしていたはずの形而上学と同じ轍を踏んでしまうからである。では「原点」の代わりに何があるかといえば、「繰り返し」である。ただ、この繰り返しには元となる母型がない。言い換えれば、すでにコピーであるものをコピーする、その繰り返しなのである。では「意味」はどうして生まれてくるのか。それは、繰り返しが繰り返され、また、ひとつの繰り返しが他のさまざまな繰り返しと関係づけられることによってパターンが浮かび上がる、そのパターンを読み取ることによって得られる。これが、脱構築、少なくともヒリス・ミラーが実践応用して見せた脱構築的テキスト分析の基本概念である。(2)

ミラーによれば『テス』は繰り返しの物語だという。それは単にこの小説が様々な繰り返しを「手法」として用いていることを指すだけでなくて、繰り返しそのものが作品の「主題」であり「意味」なのだという。手法としての繰り返しの典型例は「赤色」の繰り返しで、冒頭部分の村祭りのダンスの場面でテスがつけていた赤いリボンに始まり、衝突事故に遭ったプリンスの傷口から流れ出る血、アレックが無理やりテスに食べさせようとした赤いイチゴなどを経て、終章近くの天井に広がる巨大なハートのエース形の血痕に至るまで、全編赤が繰り返し出てくる。しかし、繰り返されるのはこのような手法のレベルだけでない。主題のレベルにおいても繰り返しがいくつもある。例えば、「暴行」(violation) のテーマである。ミラーによれば、アレックによるテスへの暴行で最も大事なのは、あれがレイプであったのかそれとも誘惑事件であったのかよりも、あの事件が繰り返しの鎖のひとつに過ぎないということである。つまり、その昔、テスの遠い祖先が遠征帰りの悪ふざけに村の娘を辱めたことの再現だということである。また、繰り返しは過去から現在という方向だけでなく、現在から未来という方向にも繋がっている。この小説の結びにおけるライザ・ルーの登場は多くの読者を当惑させたが、ミラーによれば、最後に彼女がエンジェルと共に登場するのは、テスが味わった女であるが故の不幸が今度はライザ・ルーによって繰り返されるかもしれない、その可能性を暗示するものだという。彼女だけではない、数知れない若い娘たちが、今後、繰り返し繰り返しテスが経験した「苦しみ、裏切り、叶わぬ願いという普遍的パターン」をなぞるかもしれないのである。

ミラーの立論の特徴は、一見極めて意外な、時にとっぴとも思える指摘が、実は周到な精読に裏づけられていることである。テスへの暴行が過去の事例の繰り返しだという時にも、それはしっかりとテキストに基づいていて、今の場合該当するのはテキストの次の箇所である。

遊糸のように繊細で、事実上雪のようにブランクなこの美しい女性の組織の上に、いかに運命とはいえ、このような粗暴な紋様《パターン》がなぞられるとは一体どうしたことであろうか。(『テス』、第一一章)

この中で彼がもっとも注目するのは「なぞられる」(traced) という言葉で、「なぞる」とは「すでに書いてある文字などの上をなすって書く」、「そっくりまねする」の意であり、だとすれば、「事実上」（practically）という、意味に制限をつける副詞が含意するように、完全な「ブランク」ではなくて、極めてかすかながらすでに先行するパターンがあったことをほのめかし、したがってテスの事件がその先行するパターンの繰り返しであることを示唆するものとなるのである。

「オリジナルのないコピー」、ミラーが言いたいのはこの一言に尽きると思うが、これはそう簡単に理解しえる概念ではない。そこでミラーが取った方法は、これまで通りの「オリジナルに基づくコピー」の具体例をすべて挙げ、その一つ一つを徹底的に脱構築して見せることであった。「オリジナルに基づくコピー」とは、テスの悲劇が何かの繰り返しであるなら、その何かが確実に存在し、それを突き止めればテスの悲劇のすべてに説明がつくという考え方である。例えば、彼女の悲劇をすべて「運命」に帰するモデルがその一つである。彼女の苦しく悲しい一生はすべて運命のせいであり、その運命が彼女に用意したオリジナルを突き止めれば、すべて解明できるとする立場である。しかし、問題なのは、ハーディの場合「運命」は常に「偶然」と表裏一体になっていて、「人の一生はすでにして何かの運命の本の中に書き込まれている」というような決定論的な解釈で解明されるようにはできていないことである。また、この小説の時間的経過を遡って辿ってみて、テスの悲劇の原点を、あの日父親が牧師から名門の血筋であることを教えられたことに求めたとしても、さらにその前の何らかの「偶然」を想定できるわけで（父親と牧師があの日、あの場所で会うに至るまでの偶然など）、決定論の原点にはなりえない。そうではなくて、この小説で「偶然」が意味を持つのは、「運命」との関わりとは別に、それが繰り返されることそのものにあるとミラーは言う。何度も繰り返され、やがて連鎖となった偶然が、ある瞬間一気にパターンを浮かび上がらせる。そのパターンの中では、個々の出来事は単独の存在ではなくなり、他の出来事と互いにエコーしあうことによって意味を帯びるようになるのであって、テキストの意味を何らかの原点に求めることは、あらかじめ用意されたモデルに収斂させるだけのことになる。また、意味が他の出来事との関係によって初めて可能となるということは、言語システムにおける各言語単位がそうであるように、出来事が記号化するということである。言語記号の最大の要件が「繰り返しが可能であること」(iterability) であるとするならば、個人としてのテスの悲劇も様々に繰り返されることによって記号となり、記号化することによって、孤立した単独の悲劇ではなく、過去にもあったし、現在もあるし、将来にも起こるであろう普遍的悲劇を象徴するものとなるのである。

同書の序論に当る部分でミラーはそれまでの自分を振り返り、出発点がニュー・クリティシズムにあったことを認めている。その彼がその後、現象学的方法を経、脱構築へと進み、さらに最も最近の著作ではJ・L・オースティンの発話理論に影響された分析にも手を染めている。これを、理論家として腰が定まらないなどというのはまったく見当外れである。彼が嫌うのは文学の読み方の硬直性なのである。彼がニュー・クリティシズムから離れた理由は、このイズムが最重要視するユニティの概念に飽き足らない思いを抱いたからだという。というのは、ユニティなり一貫性なりを求める読み方では、それにそぐわない要素、ユニティにとって夾雑物となる要素はすべて切り捨てられ、その結果、特定の硬直的読み方に拘泥することになるからで、すべてを読みの中に取り込もうとする「包括的解釈」(a total accounting) を最高の目標とする彼には承服しかねるものだったのである。その意味で、それまでの西洋形而上学が前提とする基本概念に縛られたままで文学を解釈することに限界を感じた彼が、ジャック・デリダに触発されて、この新しくラディカルな文学の読み方に進んでいったことはむしろ当然だったといえる。

七

最後にミハイル・バフチンに触れたい。バフチンその人について述べるのは簡単ではない。なにしろ、旧ソ連体制の下での不自由な言論環境を反映するものと思うが、いくつもの著者名を使い分けたと言われ、あるテキストが本当にバフチンの著作であるかどうか、といった議論がいまだになされているくらいである。また、彼のマルキシズムやロシア・フォルマリズムに対するスタンスも複雑で一言で断定することはできない。ただ、彼が打ち出した数々の分析概念の斬新さだけは革命的とも言ってよく、一九八〇年代欧米に紹介されて以降、それら概念はその後テキスト分析に多く用いられ、豊かな成果を挙げている。「ダイアロジック」、「ヘテログロッシア」、「カーニバル」などがその主なものだが、それらに比べれば比較的目立たない概念がもう一つあって、それが「クロノトウプ」である。

クロノトウプとは文字通り「時空間」(time-space)という意味である。彼がわざわざ新しい用語を使って言いたかったことは二つある。一つは人間の意識の中では、時間意識と空間意識は常に重なり合っているということで、彼がこの点を強調するのはそれが芸術的表現に関わる問題だからである。つまり、文学はこれまで時間・空間をどのように表現してきたかの問題を提示した上で、文学においては時間が常に時間のタームで、空間が常に空間のタームで表現されてきたわけでは決してない。むしろ、空間でもって時間を、時間でもって空間を自由に表現してきた。このように文学的に表現された時空間は、時間や空間をあくまでも人間の意識との関係で捉えようとしている点で、科学的厳密さを標榜する数学的時間、時計の時間に比べて、より我々の認識に親しいものなのだとバフチンは言う。

もう一つは、時空間は人間の意識によって認識されるものであるから、必ずしも一通りではなく、時代によって、社会によってそこに生きる人間の意識のありように基づいて、異なった形態があるということ。つまり時空間は、数学的普遍性・絶対性を持つものと考えるべきではなくて、相対的なものであり、したがって単一ではなく、複数存在するというのである。(3)

時間と空間の相互互換性という概念はハーディ文学においても重要な要素となっている。ハーディの時間についての強いオブセッションが一方にあって、他方に「ウェセックス」という架空の地理を入念に仕立て上げた空間的思い入れがある。それを考え合わせれば、バフチンの提唱したクロノトウプの概念が、ハーディの作品の分析に新たな一面を切り開く期待は大いにある。

ここでは、『はるか群集を離れて』の有名な場面の一つ、大納屋を例に取ってみよう。

同じ時代に同じスタイルで作られた教会や城については言えないが、この大納屋については言えることがある。それは、当初この建造物を作った目的が今なお使用されている目的と同じことである。それら中世の遺物とは違って、いやむしろ、それらよりも勝って、この古い納屋は時の手による破壊に耐えて機能し続けている。少なくともここでは、この古い建物を建てた人々の精神が、現在これを見る人々の精神と一つになっている。この風雨に痛めつけられた建物の前に立つ時、一貫した機能的持続に満足感を覚えつつ、目は現在の用途を見ながらも、こころは過去の歴史に馳せるのである。(第二二章、強調筆者)

ハーディは若い頃建築家を目指していたこともあって、彼の作品の随所に建築物についての詳細な描写が盛り込まれ、西洋建築に疎い我々を悩ますことがしばしばある。しかし、この大納屋については事情は違う。この建物についての描写は建築家のそれではなくて、紛れもなく小説家のものである。というのも、ここでは空間としての大納屋が描写されているのではなく、空間と時間が一体となった、というよりむしろ、空間が時間の中に吸収されたものとして語られているのであって、そのことは、引用文中の時間を示す用語の頻出に明らかである。言い方を変えれば、この部分を書いている作者の意識の中では、時間感覚と空間感覚が渾然一体となっていて、バフチンの言うクロノトウプ的混交を示しているのである。

では、特定のジャンルなり、特定のテキストなりを考える際に、なぜクロノトウプに注目すべきかというと、そうすることで、それらジャンル、テキストが人間をどのようなものとみなしていたか、世界をどのようなものと考えていたかが明らかになるからである。バフチンが「人間についてのイメージは常に本質的にクロノトウプ的である」という意味は、各文学が含む人間についての前提概念を知るには、時間と空間の関係がどのように扱われているかを知ればよいということなのである。例えば、ギリシャ・ロマンスの時空間意識は、人間は最初から最後まで何ら変化しないことを前提としているし、一九世紀リアリズム小説のそれは、時間を経、経験を重ねることによって人間は変化・成長しうることを前提としている。要するに、時間をどのようなものとして捉え、空間をどのようなものとみなしているかを明らかにしてゆくということは、その背後にある人間観・世界観を明らかにしていくということなのである。

前述したように、バフチンによれば、クロノトウプは人間についてのイメージと密接に結びついているという。言い換えるなら、ある特定の人物がどのような時空間意識を持っていたか、どのような時空間に設定されているかによって、その人物の本質が窺えるというのである。例えば、『はるか群集を離れて』の場合、バスシバを取り巻く三人の男たちの違いはそれぞれのクロノトウプの違いによって説明できる。「記憶はよけいな荷物、将来への展望は無益な試み」に過ぎないというトロイ軍曹の場合は、彼が連発する「今」(now)という言葉にも明らかなように、そのクロノトウプは時間を単なる瞬間の連続と見る刹那主義のそれである。一方、持っていた時計が壊れてしまい時間がわからなくなって、夜空を見上げ、星の位置によって時間を知ろうとするエピソードが代表するように、オウクのクロノトウプは自然の運行、季節のめぐり、一年間の農作業と一体となったものである。さらに、ボールドウッドの場合はといえば、二人とはまったく対照的に時間そのものがほとんど無い。彼にあるのは、突然のバスシバからの求婚の手紙によって一挙に恋情に火がついた瞬間と、執拗にバスシバに責任を取るように迫り、半ば脅迫的に約束させた結婚披露の瞬間だけである。この二つの瞬間に挟まれた時間は「経過」としての時間ではなく、念願が叶うまでひたすら消していくだけの「空白」としての時間に過ぎない。したがって、この観点からすれば、バスシバの恋愛遍歴は、彼女が結局どのクロノトウプを選ぶか、どのクロノトウプの世界に安住の地を見出すかの物語とも読めてくるのである。

以上見たとおり、クロノトウプの概念がハーディ文学に持つ意味は大きい。何よりも、あの「ウェセックス」こそが優れてクロノトウプ的構築物であることにすぐ気がつくはずである。ウェセックスは決して単なる空間ではない。中世以来の古名であることが暗示するように、それは「歴史」という時間的要素に染め上げられた空間である。したがって、ユーステイシアやテスやジュードの物語は、単なる空間上の出来事ではなく、彼らのドラマの背景となる空間の中に溶け込んでいる歴史や時間とエコーしながら、繰り返される人間の普遍的ドラマとして我々に訴えかけてくるのである。

結び

「現代批評理論とハーディ」と銘打ちながら、本章で取り上げたそれぞれの理論は必ずしも「最新」のものばかりではない。古いものでは、発表されてからすでに三〇年以上経っているものもある。その意味で、不満を覚える方もおられるかもしれないが、あらかじめお断りしたように、必ずしも時代的新しさを必須条件としたのではなく、ハーディ文学の新たな読み方を模索する上で、私がこれまでに強い印象を与えられたものを中心に選んだので、その点ご理解いただきたい。

また、「最新の理論」にこだわらなかったもう一つの理由は、このところ「理論」にかげりが見え、それに代わって「ヒストリシズム」に立ち戻ろうとする傾向が定着しだしたことである。ただし、ここで言う理論とヒストリシズムとの対照は、「時代」を考慮の重要な要件とみなすかどうかで二分したもので、かなり大雑把な区切り方であることをお断りしておく。例えば脱構築に代表される純粋な「理論」はどちらかというとahistoricalで、彼らの主要な関心はテキストそのもののレトリックなり、比喩なり、語源などにあって、一七世紀のテキストも二一世紀のテキストも同じ観点から分析される傾向がある。一方、私がここで言う「ヒストリシズム」とは、特定のテキストが生産された時代的背景を重要な要件とみなす立場で、例えば、一口に「作者」といっても、新古典主義の時代、ロマン派の時代、ヴィクトリア朝の時代ではそれぞれ概念が違っており、したがって作者とテキストの関係についての考え方も違っていることなどに注目しようとする。実は本章の最初の方で取り上げたパトリシア・インガムの新しい試みなども、むしろヒストリシズムへの傾斜の結果で、「最初の単行本」を底本にしようというのは、特定のテキストが「生産」された当時の文化的、経済的、政治的文脈の中へもう一度テキストを置き直してみようとするものと言える。

しかし、だからといってこれまでの理論が提示した様々なアプローチ、様々な異議申し立てがすべて無効になったということでは決してなくて、例えば「テキスト」の概念、例えば「リアリティ」の概念、例えば「意味と読み」の関係など、それまで自明とされてきたものに「理論」が疑問を挟み、斬新な考え方を提案し、文学作品の分析をより広く、より深く追求し、緻密なものへと仕上げていった事実はヒストリシズムに与する人も無視できないもので、その意味で現在のヒストリシズムは伝統的ヒストリシズムとは大いに異なる。そうであれば、現在の状況を、理論とヒストリシズムの二分化と見るのではなく、むしろ両者が歩み寄り、融合へと向かう兆しとみた方がより生産的ではないかと思うのである。

注

（1）Rosemarie Morgan, *Cancelled Words: Rediscovering Thomas Hardy*. London and New York: Routledge, 1992 参照。

（2）J. Hillis Miller, *Fiction and Repetition: Seven English Novels*. Massachusetts: Harvard University Press, 1982 参照。

（3）Mikhail Bakhtin, 'Forms of Time and of the Chronotope in the Novel,' *The Dialogic Imagination*. Ed. Michael Holquist, trans. Cary Emerson and Michael Holquist; Austin: University of Texas Press, 1990.

引用文献

Currie, Mark, *Postmodern Narrative Theory*. London: Macmillan, 1998.

Showalter, Elaine, 'Towards a Feminist Poetics,' *Contemporary Literary Criticism*. Ed. Robert Con Davis, New York and London: Longman, 1986.

初出一覧

第一章　パストラルとの訣別――『はるか群集を離れて』(一)
……『英国小説研究』第一九冊、英潮社、一九九九年五月二〇日

第二章　じゃじゃ馬バスシバ――『はるか群集を離れて』(二)
……『英国小説研究』第二一冊、英潮社、二〇〇三年五月二〇日

第三章　ウェセックスの時空間――『はるか群集を離れて』(三)
……*Kanazawa English Studies*, 第二四巻　藤田繁先生退官記念号、二〇〇三年三月

第四章　読み直す『カスターブリッジの町長』
……『『カスターブリッジの町長』についての一一章』、英宝社、二〇一〇年一一月

第五章　粗暴な紋様――『ダーバヴィル家のテス』
……関西学院大学『人文論究』第四八巻　第三号、関西学院大学人文学会、一九九八年一二月

第六章　アラベラのための弁明――『日陰者ジュード』(一)
……関西学院大学『人文論究』第五一巻　第四号、関西学院大学人文学会、二〇〇二年二月

第七章　リトル・ファーザー・タイムのための弁明――『日陰者ジュード』（一二）
……『『ジュード』についての一一章』、英宝社、二〇〇三年

第八章　過剰な視線――『窮余の策』……関西学院大学『英米文学』第四七巻　第一二号、二〇〇三年三月

第九章　不在のライバル――『塔上のふたり』……『英国小説研究』第二二冊、英潮社、二〇〇六年五月

第一〇章　リアリズムを超えて――『恋の魂』……関西学院大学『英米文学』第四四巻　第一号、二〇〇〇年二月

第一一章　ハーディ最後のフィクション――『トマス・ハーディ伝』
……*Kanazawa English Studies*, 第二二巻　田辺宗一先生退官記念号、一九九六年六月

第一二章　現代批評理論とハーディ
……『トマス・ハーディ全貌』日本ハーディ協会編、音羽書房鶴見書店、二〇〇七年一〇月

あとがき

現役生活もあと一年を切った今、そろそろ「店じまい」かなという意識が時々頭をかすめる。遣り残したことはたくさんあるが、最低限のことはしたという気持ちもある。後は、研究とは関係なく、好きな本を好きなように読んで過ごそうと。

ところが、そんな時に限って、「僕のこの年齢の頃、ハーディは何をしていたっけ」と考えてしまう。そして大抵びっくりさせられる。わたしは今六七歳。同じ年齢の時のハーディは、かの大作『覇王たち』を完成させているのだ。この叙事詩劇を書くに当たってハーディは膨大な文書・記録を渉猟し、歴史の現場をも度々訪れていて、そのエネルギーには脱帽させられる。これだけの大作を物したのだから、その後は悠々自適で日々を過ごしてよさそうなものなのに、彼の創作意欲は衰えることなく、次々と優れた詩を生み出している。中でも彼が七三歳ごろ、エマの死を契機に一気に書きあげた『一九一二年から一九一三年の詩』は九〇〇編を超えるハーディの詩の中でもひときわ評価が高い。やはりこうしてはいられないようだ。ハーディほどに長生きはできそうにないが、自分が半生の間関わってきたものはそう簡単に「店じまい」というわけにはいかない。

ゼミや文学史の授業では必ずハーディを取り上げることにしているが、その都度、身びいきでなく、ハーディの文章に舌を巻く思いをする。例えば、『はるか群集を離れて』の冒頭、羊のお産のためにオウクが小屋にこもって寝ずの番をする夜について、「小高い丘の上に立って夜空を見上げれば、地球の自転が実感できる」という描写の壮大さ。『ダーバヴィル家のテス』のプリンスの衝突事故の後、真っ赤に血を浴びたテスが思わずプリンスの傷口に手を当てる凄惨さ。『日陰者ジュード』で、夜、フィロットソンが部屋を間違えてスーの寝室に入ってきたとき、彼女が思わず二階の窓から下へ飛び降りる意外性。ヴァージニア・ウルフも言うように、ハーディの面白さはそのような細部にあって、必ずしも「loving-kindness に基づくヒューマニズム」とか「最悪を見詰めることによって開かれるよりよき道」などいわゆるハーディの「哲学」などでないような気がする。

さらに付け加えるなら、ハーディが抱えていたいろいろな「矛盾」というか「齟齬」もまたかえって魅力となっているように思う。あれほど階級社会の差別を憤りながら、後年、名声が確立し、上流社会に名士として出入りするようになると、決まって地位の高い貴族のレディに魅了されてしまう。結婚生活についても、「幸せだったのは最初の二年間だけ」と詩の中で告白、激しい角逐を繰り返しながら、一旦エマを亡くすや、掌を返すように綿々と追慕の詩を書き綴る。それは確かに矛盾かもしれないが、矛盾のどこがいけないのか、と庇ってやりたい気もする。そういう矛盾があってこそ人間ハーディの体温が伝わってくるのであって、われわれは哲学者ハーディを相手にしているのではないのである。また、創作の面から言えば、矛盾は実は「多面性」の謂いであって、ハーディの考え方の一つ「悲劇の奥には喜劇があり、喜劇の奥には悲劇がある」との洞察ともつながっている。

最近の大学生は本を読まないと言われだして久しい。確かにハーディを講じていて時には彼らが乗ってこない気配を感ずることもある。その原因の一つは、「百年も前に書かれた小説など古臭い」と決めつけていることにある。そんな時、彼らにはこう言うことにしている。「進歩したのはテクノロジーだけで、人間の喜怒哀楽、愛憎、嫉妬、苦悩、あこがれ、そのような人間感情は全く変わることはない。むしろ、さまざまな娯楽に囲まれ、気の散らされることの多い現代人のほうが、思索の密度、感情の起伏、情緒の振幅において彼らに比べて希薄化しているのではないか」と。ハーディの書いたものを読むたびに、つくづくあの時代の人々の〝濃密さ〟を思い知らされるのである。

なお、本書の出版に当たっては、勤務先の関西学院大学より「研究叢書助成金」をいただいた。大学に心からお礼を申し上げたい。

最後に、本書の出版を快くお引き受けくださった松籟社社長相坂一氏、および編集の任に当たっていただいた木村浩之氏にも心からお礼を申し上げたい。

二〇一〇年七月

福岡忠雄

◉ 索引 ◉

本文・注で言及された人名、作品名を配列した。なお、作品名については、著者が本文・注で言及されている場合には、著者名の下位に作品名を配列してある。

【あ行】

アボット、ポーター（Abbott, Porter） 164
アルチュセール、ルイ（Althusser, Louis） 211-212
アルパーズ、ポウル（Alpers, Paul） 14
『アンナ・カレーニナ』（*Anna Karenina*） 53
イーグルトン、テリー（Eagleton, Terry） 30, 115, 131, 210
『イリアス』（*Iliad*） 195
イプセン、ヘンリック（Ibsen, Henrik） 123, 126, 128
インガム、パトリシア（Ingham, Patricia） 165, 206, 208, 223
ウィークス、ジェフリー（Weeks, Jeffrey） 88
ウィーバー、カール（Weber, Carl） 179
ウィダウソン、ピーター（Widdowson, Peter） 30
ウェルギリウス（Virgil） 15, 24
　『牧歌』（*Eclogues*） 15, 24
　『アエネイス』（*Aeneid*） 195
ウルフ、ヴァージニア（Woolf, Virginia） 228
エッジコック、F. A.（Hedgcock, F. A.） 191-192
　『思想家・芸術家　トマス・ハーディ』 191
『エディプス王』（*Oedipus the King*） 125-126
エティン、アンドルー　V.（Ettin, Andrew） 25
オースティン、J. L.（Austin, J. L. ） 218
オリファント、マーガレット（Oliphant, Margaret） 111

【か行】

カリー、マーク（Currie, Mark） 213
キーツ、ジョン（Keats, John ） 78
グッド、ジョン（Goode, John） 30
グレッガー、イーアン（Gregor, Ian） 130

コールマン、テリー（Coleman, Terry）　188
コリンズ、ウイルキー（Collins, Willkie）　147
コンラッド、ジョゼフ（Conrad, Joseph）　101

【さ行】

シェイクスピア、ウイリアム（Shakespeare, William）　207
ジェイムズ、ヘンリー（James, Henry）　101
『ジェーン・エア』（*Jane Eyre*）　36
シュアー、オウエン（Schur, Owen）　14
シュタイナー、ジョージ（Steiner, George）　123, 126, 130
シュバイク、ロバート（Schweik, Robert）　166
ショウォルター、エレイン（Showalter, Elaine）　71, 208-210
ショーペンハウアー、アーサー（Schopenhauer, Arthur）　166, 179-180
　『意志と表象としての世界』（*The World as Will and Idea*）　179
スティーブン、レズリー（Stephen, Leslie）　11-13
　『コーンヒル』（*Cornhill*）　11, 206

【た行】

ダーウィン、チャールズ（Darwin, Charles）　21-22
　『種の起源』（*The Origin of Species*）　22
ターナー、J. M. W.（Turner, J. M. W.）　141
ダッタ、シャンタ（Dutta, Shanta）　159
チャットマン、シーモア（Chatman, Seimour）　105, 131
ディーコン、ロイス（Deacon, Lois）　188-189, 198-200
　『神の摂理とミスター・ハーディ』（*The Providence and Mr Hardy*）　188
テオクリトス（Theocritus）　15
　『田園詩』（*Idylls*）　15
テニスン、アルフレッド（Tennyson, Alfred）　24
　『国王牧歌』（*Idylls of the King*）　24
デフォー、ダニエル（Defoe, Daniel）　119, 171
デリダ、ジャック（Derrida, Jacques）　218

【な・は行】

ノバーリス、フリードリッヒ（Novalis, Friedrich）　69
バーガー、シーラ（Berger, Sheila）　145-146
パーディ、R. L.（Purdy, R. L.）　192
ハーディ、フローレンス・エミリー（Hardy, Florence Emily）　190-191

『トマス・ハーディ伝』（*The Life of Thomas Hardy*）　6, 22, 78-79, 120, 165-166, 179-180, 185, 190-194, 196-199
ハーディ、トマス（Hardy, Thomas）
『貧乏人と貴婦人』（*The Poor Man and the Lady*）　23, 120
『窮余の策』（*Desperate Remedies*）　5, 13, 133, 147-148, 151
『緑樹の陰で』（*Under the Greenwood Tree*）　12, 20, 140, 194
『青い目』（*A Pair of Blue Eyes*）　151, 204, 206
『はるか群集を離れて』（*Far from the Madding Crowd*）　4, 11-12, 15, 17, 20-21, 29, 46, 147, 194, 206, 211, 213, 220-221, 227
『エセルバータの手』（*The Hand of Ethelberta*）　11
『帰郷』（*The Return of the Native*）　11-12, 23, 25, 35, 129, 152
『塔上のふたり』（*Two on a Tower*）　5, 151, 153
『カスターブリッジの町長』（*The Mayor of Casterbrige*）　3, 4, 63, 124, 130, 152, 176, 208-210
『森林地の人々』（*The Woodlanders*）　20, 22-23, 84, 122, 128, 135, 152
『ダーバヴィル家のテス』（*Tess of the d'Urbervilles*）　5, 19, 21, 23-24, 35, 69, 84, 92-93, 124, 130, 152, 176, 181, 215-216 227
『日陰者ジュード』（*Jude the Obscure*）　5, 12-13, 16, 20, 23-24, 34, 101, 111, 120-121, 152, 185, 196-197, 199, 228
『恋の魂』（*The Well-Beloved*）　5, 169-170, 173, 175-177, 180, 182
『覇王たち』（*The Dynasts*）　179-180, 227
「偶然」（'Hap'）　77
「灰色の風景」（'Neutoral Tones'）　186
「地図の上の場所」（'The Place on the Map'）　185, 189
『一九一二から一九一三年の詩』（*Poems of 1912-13*）　227
ハウ、アーヴィング（Howe, Irving）　71, 209
バニヤン、ジョン（Bunyan, John）　119
バフチン、ミハイル（Bakhtin, Mikhail）　3, 51-54, 58-60, 108, 219-221
「小説の時間とクロノトウプの形式」　51
ハルトマン、エイジゥワード（Hartman, Eduard von）　166
「羊飼いのカレンダー」（The Shepheardes Calender）　49
フーコー、ミシェル（Foucault, Michel）　5, 82-83, 88-89, 93-94, 182
『性の歴史』（*The History of Sexuality*）　82
ブーメラ、ペニー（Boumelha, Penny）　26, 208
福岡忠雄（Fukuoka Tadao）
『虚構の田園――ハーディの小説』　3
ブラウン、J. P.（Brown, J. P.）　66-67

プラトン（Plato）　171
フロイト、ジグムンド（Freud, Sigmund）　82
　『セクシュアリティ理論についての三つのエッセイ』（*Three Essays on the Theory of Sexuality*）　82
『ベルグレイビア』　12
ベンヤミン、ウォルター（Benjamin, Walter）　211
ホーキンズ、デズモンド（Hawkins, Desmond）　106-107
ポッジョリ、レナート（Poggioli, Renato）　24-25

【ま行】

マン、トマス（Mann, Thomas）　67
『ミドルマーチ』（*Middlemarch*）　53
ミラー、ヒリス（Miller, Hillis）　3, 208, 215-218
　『小説と繰り返し』（*Fiction and Repetition*）　215
ミルゲイト、マイケル（Millgate, Michael）　125
ミルトン、ジョン（Milton, John）　24
　『リシダス』（*Lycidas*）　53
メレディス、ジョージ（Meredith, George）　147
モーガン、ローズマリー（Morgan, Rosemary）　206, 208
　『消された言葉』（*Cancelled Words*）　206

【ら・わ行】

リーガン、スティーブン（Regan, Stephen）　146-147
リチャードソン、サミュエル（Richardson, Samuel）　171
レヴィン、ジョージ（Levine, George）　170-171
ローゼンメイヤー、T. G.（Rosenmeyer, T. G.）　14
ロレンス、D. H.（Lawrence, D. H.）　112, 115
ワーズワス、ウイリアム（Wordsworth, William）　17
ワット、イアン（Watt, Ian）　118-119, 171-172, 176
　『小説の勃興』（*The Rise of the Novel*）　118

【著　者】
福岡　忠雄（ふくおか・ただお）

関西学院大学文学部文学言語学科英米文学専修　教授
京都大学大学院文学研究科修了。滋賀大学経済学部を経て現在に至る。

著書：『虚構の田園——ハーディの小説』（単著、京都あぽろん社、1995 年）
『『テス』についての十三章』（共著、十九世紀英文学研究会編、英宝社、1995 年）
「パストラリズムとの訣別——ハーディの場合」（共著、『英国小説研究』第 19 冊、英潮社、1999 年）
『トマス・ハーディ全貌』（共著、日本ハーディ協会編、音羽書房鶴見書店、2007 年）
その他

関西学院大学研究叢書　第 138 編
読《よ》み直《なお》すトマス・ハーディ

2011 年 2 月 25 日　初版第 1 刷発行　　定価はカバーに表示しています

著　者　福岡　忠雄
発行者　相坂　　一

発行所　　松籟社（しょうらいしゃ）
〒 612-0801　京都市伏見区深草正覚町 1-34
電話　075-531-2878　振替　01040-3-13030
url　http://shoraisha.com/

Printed in Japan　　印刷・製本　モリモト印刷（株）

ISBN978-4-87984-290-9　C0098